KLAPPER- TEXT

BukTom Bloch ist homophon!
Denn er ist hier vielsaitig und
zieht auch mal ganz andere Seiten auf.
Zum Thema Klima steht zu wenig drin.
Daher geht der Gewinn durch das Buch
an Umweltorganisationen.
"Mein Auto fährt auch ohne Wald!": Nein!
"Make Klima Greta again!": Ja!
Über D. Trump steht auch zu wenig drin.
Eigentlich sollte man ihn ja auch nicht
mal ignorieren!
Aber BukTom warnt die USA: Wählt den
nicht noch einmal! Sonst bekommt er
das nächste Mal ein ganzes Kapitel!
Einem Vulkanier sollte man bei einem
Streit nie sagen:
„Jetzt spitz mal die Ohren, Bürschen!"
Bei den Lehrsketchen treten Professor
Anatol Lyse, und systemisch dann später
der Klient Peter Otential (P. Otential) auf.
Der Fuchs ist schlau und stellt sich dumm,
beim Nazi ist das anders rum, erfährt man.
Das jobcenter kriegt wieder sein Fett weg,
die Atheisten, die Sozialarbeiter und auch
die Männer allgemein.
Notdurft in Mannheim ist ein Thema,
Professor Moriarty und vieles mehr!
Glossen, Witze, Gedichte, Sprüche und
Skurrilitäten.
Von einem Gutmenschen
und Genderwahnsinnigen.
"bljebechugh vaj blHegh!"
"luq!"
Na also!

MfG
BTB

Scherz, Satire, Ironie und zynische Bedeutung

- von -

BukTom Bloch

aka

Burkhard Tomm-Bub, M. A.

- Lord of Glencoe -

INHALT

A) Fortbildungen / S. 3

1) Allgemein (MEEP - MEEP – FB) / S. 4
1) Psychoanalyse / S. 6
2) Systemische Therapie / S. 10

B) ALLTAG UND SPRACHE / S. 15

1) Der Mensch muss müssen dürfen (Realsatire Mannheim) / S. 16
2) Streichfähig (Glosse) / S. 19
3) SCHATTIGE BAUTEILE (Glosse) / S. 20
4) GESCHLIFFENE PIRATEN (Glosse) / S. 22
5) LAMM AN MEER (Glosse) / S. 24
6) Die Bahnhofsfrage (Geisteswissenschaftler & andere Nerds) / S.28
7) D_ebakel B_odenlos (Witze?) / S. 31
8) ANTWORTEN verschiedener Mitmenschen auf fast jede Frage / S. 33
9) Sind Sie etwa Homophon?! (Gedicht) / S. 37

C) GRUPPENBEZOGENE VERSPOTTUNGEN / S. 38
Nazis, jobcenter, Atheisten, Sozialarbeiter, Männer

1) NEONAZIS UND ÄHNLICHE GESELLEN / S. 39
2) Jobcenter, Hartz IV, ALG II, SGB II, ... / S. 47
3) ATHEISTEN - WITZE / S. 54
4) SOZIALARBEITER (inklusive "Glühbirne") / S. 56
5) BÖSES über Männer / S. 65

D) ALIEN / SF - Witze / S. 72

E) VERSUCH EIN SINNLOSES GEDICHT ZU SCHREIBEN / S. 74

F) DATEN / DSGVO / S. 75

G) Sherlock Homes / Professor MORIATY / S. 79

H) Die Schallplatte (Hymne) / S. 80

I) ÜBER DEN AUTOR / S. 82

J) Eigenwerbung Bücher / S. 83

K) Impressum / S. 85

A) FORTBILDUNGEN

Visionen (Die MEEP - MEEP - Fortbildung)

Kämmerer Rüdiger Reiser hatte diesmal etwas ganz besonderes für die Mitglieder seiner Verwaltung gefunden, die Quadratur des Kolumbus-Eies, sozusagen. Denn wie hatte die neue, innovative Fortbildungsfirma es noch in ihrem Prospekt versprochen:
"Zu einem Drittel des Preises ein sechsfaches der üblichen Fortbildungsleistung -auch für IHRE Mitarbeiter!"
Was sollte denn da noch groß schief gehen, bitte sehr!

So fanden sich denn an einem schönen Montagmorgen 12 fortbildungswillige und -bereite Mitarbeiterinnen und Mitarbeiter dieser Verwaltung im Schulungsraume ein, durchdrungen von der selbstverständlich auch und gerade am Montag enormen Energie, Motivation und Schaffenskraft -doch die hatten sie auch bitter nötig!
Der Trainer, Herr Frank McKinsky, startete sofort voll durch ...

"Damen und Herren willkommen, die Pause beträgt ab 12 Uhr 25 Minuten, Kurzpausen 5 Minuten, Zeitpunkt individuell frei wählbar, jedoch maximal eine pro Stunde. Meinen Namen kennen Sie aus den Unterlagen vorab, Ihre gegenseitigen Namen desgleichen. Einige bekamen schon Aufträge für Vorbereitungsarbeiten vorab, ich sammle diese jetzt ein."

McKinsky schlenderte durch die Reihen und nahm diverse Schriftstücke entgegen, während er weiter redete: "Wir arbeiten nach einer neuen Methoden, die Ihnen unglaublich viel nützen wird -und uns, bzw. den Einnahmen meiner Firma ebenso. Haha. Ein bisschen Humor muss auch in der Fortbildung sein, vielen Dank!"
"Wir nennen diese Methode ``Multitasking Energy Exploring Positioning - Managing Enormeous Experience Manpower!`` oder auch kurz: MEEP - MEEP!

-Sie hatten Stichpunkte zu völlig beliebigen Fortbildungsthemen einzureichen, das Controlling Ihrer Vorgesetzten hat hier funktioniert zum Stichtag vorgestern ist alles eingetroffen und wir haben da nun so einiges für Sie vorbereitet !"
McKinsky zog beide Augenbrauen hoch und lächelte- ein wenig diabolisch gar, wie es fast scheinen mochte...

"ACHTUNG! Es folgen Ihre Instruktionen, anhand der Stichwortliste!", erscholl dann seine Stimme.

"Wir bilden hier in der Regel Mini - Teams von 2 bis 4 Personen. Also:
Zuerst Herr Bibber, Thema: `Flucht vor den Verbalrabauken`. Sie gehen da hinten links in die Ecke, zusammen mit Frau Knall, Thema: `Ich werd`s Euch zeigen`!
Vormittagsprogramm: Frau Knall erläutert Ihnen ausführlich Ihre Pläne für die nähere Zukunft- sie stellen das dann mimisch und gestisch dar, anschließend machen sie ein Rollenspiel daraus. Fertig ist dies erst dann, wenn Frau Knall zufrieden ist. In der Mittagspause macht sich Herr Bibber Gedanken für seinen Nachmittagsvortrag an Frau Knall, mit dem Titel: `Warum Gewalt der falsche Weg ist!`. Frau Knall schreibt dann auf was sie behalten hat - Herr Bibber korrigiert das anschließend. Ende der Übung erst dann, wenn Herr Bibber mit der Arbeit von Frau Knall zufrieden ist.

Gruppe Nummer zwei: Hier werden zusammengefasst Frau Kaiser, Thema: `Prinzessin auf der Erbse`, Herr Tänzer mit: `Mein Kollege ist eine Diva` und Frau Willnich, Thema `Miß Sensibelchen wider Willen`. Das Kommando hat hier bis zum späteren Widerruf Frau Zackig, Thema: `Verweichlicht in Uniform`!

Wir haben dort hinten rechts einige Kissen und Erbsen, sowie einen CD- Player mit Opern- und Marschmusik für Sie bereit gestellt- nähere Instruktionen erhalten Sie von mir persönlich im Anschluss an meinen Vortrag. Frau Zackig: lassen Sie unverzüglich abrücken! Danke."

Frau Zackig wagte jedoch nun noch eine Anmerkung: "Frage gehorsamst: Ist hier mutmaßlich geplant eine so genannte Kissenschlacht mit entsprechender musikalischer Untermalung strategisch vorzubereiten?"
McKinsky jedoch zog nur eine Augenbraue hoch. Sehr hoch.
Was Kommandantin Zackig zu einem kurzen Zucken mit dem Kopf veranlasste, wonach sie sich schleunigst umdrehte und ihren Leuten deutlich vernehmbar zurief: "Ohne Tritt - Marsch!"
Als der Trupp nach kurzem marschieren in der Ecke ankam, sandte ihr jedoch McKinsky ein nicht einmal unfreundliches: "Aber gar keine so schlechte Idee, Zackig.", hinterher.
Mit mühsam verborgener Freude schallte ein "Danke gehorsamst!" zurück, doch McKinsky hatte sich schon wieder den Übrigen zugewandt.

"Die weiteren Gruppen setzen sich wie folgt zusammen: einmal Frau Stumm, mit `Das große Schweigen`, Frau Hampel mit `Nonverbale Kommunikation` und Frau Rodriguez mit `Èsta bien`.
Zur Betreuung dieser Gruppe wird sogleich mein Co - Trainer Herr Laberator eintreffen, er ist Quereinsteiger in unserer Firma und war früher Deutschlehrer mit Qualifikationen sowohl für die Sonderschule bis hin zum Gymnasium - fühlte sich jedoch dort allerorten unterfordert.

Schließlich die Gruppe um Frau Mutter, Thema `Pubertierende Psycho - Zicken` zusammen mit Frau Frey `Falsche Schuldzuweisung` und Frau Wech mit `Neue Wege`.

Für die letztgenannte Gruppe haben wir vor dem Haus einen besonderen Übungsparcours aufgebaut, den ich Ihnen später persönlich zeigen werde."
Eine letzte Instruktion, bevor es endgültig losgeht: Jeder von Ihnen verfasst innert einer Woche einen minimal 10seitigen Bericht über seine Lernerfahrungen heute und leitet diesen allen anderen Teilnehmern zu. Denselben Bericht multiplizieren Sie weiterhin in Ihren Teams vor Ort in die Breite, dies spätestens innerhalb 14 Tagen. Vielen Dank."

In diesem Moment öffnete sich -just in time- die Tür - und der Laberator betrat den Raum. Behängt mit mehreren Tonaufnahmegeräten, Mikrophonen und ähnlichem näherte er sich fast schleichend der Gruppe und öffnete langsam den Mund während hinter ihm die Tür mit lautem Knall ins Schloss fiel!

Hiervon hochgeschreckt erwachte ich endlich aus meinen Sekundenschlaf, stellte erleichtert fest, dass ich mich ja nur im Seminar "Gewaltfreie Kommunikation" befand und beschloss dringlich heute abend das Internet um so einige Minuten früher zu verlassen.

* * * * * * *

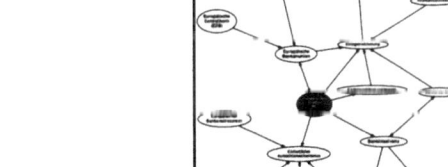

S. 6

LEHR-SKETCH PSYCHOANALYSE

Psychoanalyse - erste Therapiestunde ...

Behandlungszimmer von Doktor Anatol Lyse, Sessel, kleiner Tisch, Couch, Urkunden an der Wand, das übliche Ambiente, ...

Personen: Doktor Anatol Lyse (DAL), Patient Ignatz Looser (PIL).

DAL öffnet die Tür, davor steht PIL.

DAL: (leicht nachdenklich - zerstreut) *"Guten Tag, dringen Sie ein, -äh, will sagen: treten sie ein, Herr Looser!"*

PIL: (leicht irritiert): *"Äh - ja. Danke."*

Kommt herein.
DAL beugt sich ihm leicht zu, schaut nachdenklich - investigativ.

DAL: (nachdenklich, aber forschend) *"Hmmm, ... was verbinden Sie da damit, wenn Sie jemandem danken - was fällt Ihnen dazu ein - hätten Sie da Einfälle dazu? Vielleicht gar aus früheren Zeiten, von vor ganz langer Zeit ...?*
(Stutzt. Besinnt sich)
Aber nein: Nun legen Sie sich doch erst mal!"

PIL (irritiert): *"Äh, ... wie bitte?"*

DAL (etwas kichernd): *"He, he - wohl Ihre erste Analyse, hm!!*
Tja, ja ... - Na gut, lassen Sie mich erklären: Wenn ich mich dort in den Sessel setze, so dass Sie mich nicht sehen können, dann stört Sie auch mein Anblick nicht.
Das Liegen auf der Couch verbessert zudem Ihre Möglichkeit, sich zu entspannen und mir ganz frei und gelöst mitzuteilen, was Ihnen an Gedanken durch den Kopf geht!
Ich kommentiere das dann von Zeit zu Zeit und biete Ihnen Erklärungen dazu an ..."

PIL: (erstaunt, leicht überrascht, aber interessiert) *"Ach was!"*

(Während der folgenden Erläuterungen von DAL setzen sich beide dann doch erst mal auf Stühle.)

DAL: (beteuernd): *"Ja, genau - und das hilft Ihnen, glauben Sie mir - wir stoßen da mit der Zeit in immer tiefere Schichten vor, zu Erlebnissen, die schon sehr lange her sind und die Sie oft scheinbar schon total vergessen zu haben scheinen.*
Die sind dann bei Ihnen nur noch im Unbewußten vorhanden, Ihr eigentliches Ich weiß das gar nicht mehr.
Allerdings kann manchesmal auch Ihr Über - Ich noch mit solchen Sachen dazwischen funken, wenn's spezielle Ereignisse sind - Sie verstehen (zwinkert vertraulich) *- aber das führt jetzt zu weit!*
Na jedenfalls: wenn wir da ordentlich was gefunden haben dann müssen Sie da halt noch mal durch - so rein gefühlsmäßig, verstehen Sie?!"

PIL (doch etwas ungläubig): *"Und das hilft??"*

DAL (entschieden): *"Aber Hallo! - Na ja, ein paar Jahre kann es schon dauern und so drei - bis fünf Mal die Woche müssen wir uns da auch schon treffen.*
Aber dann! Dann klappt das auch, mit den Neuröschen! He, he." (kichert).

PIL (vorsichtig): *"Herr Doktor?"*

DAL (neutral): *"Jaa?"*

PIL: *"Und was ist denn da jetzt mit meinem akuten Problem?"*

DAL (sieht aus, als habe er in eine Zitrone gebissen): *"Uhhh! Ahhh!"*

PIL (etwas überrascht / irritiert): *"Äähhh ..."*

DAL (indigniert): *"Da ist es wieder! Diese Wort! Ah! Nein!"*

PIL (verwundert): *" ... Wort?"*

DAL (faßt sich wieder): *"Na, egal - können Sie ja nicht wissen ...! Akut! Gehn` se mir doch fort!! Ursachen, sag` ich Ihnen: Ursachen! Das bringt`s. Und sonst gar nix.*
OK?!"

PIL (strafft sich gehorsam, spricht laut und deutlich): *"Jawoll!*
Sind Sie mir nicht böse bitte, ja?"

DAL (schaut nachdenklich zu Boden, murmelt vor sich hin):
"So, so. Passiv, unterwürfig, fast schon eine Art Zärtlichkeitsbedürfnis, der Gute. Hm, hm. Da wird wohl in der oralen Phase einiges schief gelaufen sein... Narzistische, anale und phallische Phase, sowie Latenzperiode und genitale Phase blieben noch zu untersuchen. Hm, hmmm."

PIL (vorsichtig): *"Herr Doktor?"*

DAL (schaut überrascht auf, scheint sich zunächst zu wundern, daß noch jemand im Zimmer ist, besinnt sich dann aber):
"WAS?! Ähm. Ah, ja. Herr Schmuser!"

PIL: (korrigierend): *"Looser!"*

DAL (zerstreut): *"Wie bitte? Was? Wer?"*

Pil (erläuternd): *"Looser! Ich bin Looser. Ignatz Looser.*
Looser, tja - das erinnert mich übrigens daran ... "

DAL (unterbricht, ist begeistert): *"Ja? Ach! Es erinnert Sie! Gut!!*
Weiter, nur, weiter, schießen Sie los!"

PIL (etwas irritiert, aber bei der Sache): *"Ja, also. Das ist so: Meine Frau hat mich verlassen! Und damit komme ich so gar nicht klar! Ich weiß gar nicht mehr, was ich machen soll ..."*

DAL: *"Hm, ja. Das ist wohl schlimm für Sie. Weil es Sie an andere Male erinnert, als Sie verlassen wurden. Wann mag es das erste Mal gewesen sein, als Sie sich verlassen fühlten?"*

PIL (leicht überrascht): *"Äh, ja ...Das fällt mir so spontan jetzt nicht direkt ein ...!"*

DAL: *"Ah, joh! Klar. Das macht nix. Da haben wir ja nun ein paar Jahre Zeit, das heraus zu finden!"*

PIL (kehrt zu seinem vorherigen Thema zurück): *"Ich habe mir da vorher jetzt schon selber versucht einiges zu überlegen, was mir helfen könnte ... Manchmal denke ich - wenn ich eine neue Frau finden könnte, oder (stockt leicht) ... wenigstens eine nette Freundin, oder so ähnlich, Sie verstehen ... Aber manchmal denke ich auch, das hat alles keinen Zweck. Und dann bin ich schon auch verzweifelt und möchte fast alles kaputt schlagen. Aber da bin ich eigentlich nicht der Typ dafür und so denke ich, es wäre so schön, wenn ich mal endgültig meine Ruhe hätte, (senkt den Kopf, ist deprimiert) wenn ich am besten gar nicht mehr da wäre ... "*

DAL (durchaus ernsthaft): *"Nun - sehen Sie, Herr Looser. Das ist ganz normal.*
Sie haben da, wie wir alle, mehrere Bedürfnisse, mehrere Triebe in sich.
Einen Todestrieb, den wir Analytiker Thanatos nennen. Und einen Trieb des Lebens, den Lebenstrieb, den wir Erostrieb nennen.
Und den wollen wir gemeinsam erhalten und fördern!
(Steht auf, PIL ebenfalls, DAL reicht PIL die Hand, der diese auch drückt.)
Alles Gute - und den nächsten Termin erhalten Sie draußen, bei meiner Sekretärin. Auf Wiedersehen."

(PIL ab.)

******* **ENDE** *******

S. 10

Lehr-Sketch Systemisch- Lösungsorientiert

Erste Therapiestunde

Behandlungszimmer von Doktor Siegbert O. Lution, Sessel, Tisch, Zertifikate an der Wand, das übliche moderne Ambiente, ...

Personen: Doktor Siegbert O. Lution (SOL) , Patient Peter Otential (PaPO).

PaPO klopft an der Tür, öffnet vorsichtig ein Stück, schaut herein.

PaPo (höflich): *"Kann ich schon eintreten?"*

SOL (schaut kurz auf die Uhr, dann auf PaPO und die Tür und sagt entschieden):
"Nach meiner Wahrnehmung ist es der richtige Zeitpunkt, Sie haben die entsprechenden Möglichkeiten ... Also: ich sage: Ja! Ich denke, Sie werden diese Aufgabe in sehr naher Zukunft bewältigt haben!"

PaPO (zögert kurz, schaut SOL einen kurzen Moment etwas entgeistert an, wendet auch den Kopf ein wenig hin und her -weil er überlegt, ob er denn nun wohl eintreten darf, oder eben nicht- entschließt sich dann, ein, zwei Schritte ins Zimmer zu tun, sagt dann):
"Äh- ja. Danke."

(SOL bleibt sitzen, schaut PaPO aber freundlich und aufmerksam an. Nach einer kleinen Pause sagt er):
"Sehen Sie! Also weiter: Sie definieren sich selbst als Herrn Peter Otential. Ist diese Einschätzung von mir richtig?"

PaPO (hat etwas den Faden verloren):
"Äh, ... ja, ja ... "

(PaPO reißt sich etwas zusammen, deutet vage auf den leeren Stuhl vor sich):
"Darf ich mich setzen?"

SOL (klar):
"Sie haben hiermit meine Zustimmung dazu erfolgreich eingeholt. Nur zu."

(PaPO setzt sich. Bevor er aber lange genug nachdenken kann, was er als nächstes sagen will, ergreift wieder SOL das Wort.)

SOL (überlegend, aber deutlich):
"Nun, Herr Otential: Welches von Ihnen als solches definiertes Problem werden wir denn in absehbarer Zeit miteinander umdefiniert oder gelöst haben?"

(PaPO starrt ihn an. Für eine ganze Zeit. Dann spricht er, relativ entschieden.)
PaPO: *"Äh - WIE BITTE?!"*

SOL (stutzt, merkt, daß er sich etwas ``vergalloppiert`` und den Patienten überfordert hat, macht eine beschwichtigende Geste mit beiden Händen - und fällt dann für eine Sekunde verbal aus seiner professionellen Rolle: er beugt den Oberkörper leicht in Richtung PaPO und sagt):
"Was hammse` denn?!"

PaPO (zügig): *"Ach so!"*

(PaPO fährt fort):

"Also. Meine Frau hat mich verlassen - und ich weiß nicht mehr, was ich machen soll! Sowas macht mich immer total fertig, da konnte ich in der Vergangenheit, schon als Kind, nie richtig mit umgehen, wenn mich jemand verlassen hat. Fix und fertig macht mich das, nicht zum Aushalten. Wenn ich bloß die Ursachen für all` das wüßte, ich glaube fast, meine Mutter ist schuld, und außerdem ..."

SOL (Unterbricht ihn, sieht aus, als habe er in eine Zitrone gebissen):
"Uhhh! Ahhh!"

PaPO (etwas überrascht / irritiert): *"Äähhh ..."*

SOL (indigniert): *"Da ist es wieder! Dieses Wort! Ah! Nein!"*

PaPO (verwundert): *" ... Wort?"*

SOL (faßt sich wieder etwas):
"Na, egal- können Sie ja nicht wissen ...! Ursachen! Ursachen! Gehn` se mir doch fort!! Und dann dazu noch die Wühlerei in der Vergangenheit! Ja - können Sie die denn jetzt noch ändern, die Vergangenheit? Hm? Na also!! Lösungen, sag` ich Ihnen: Lösungen! Das bringt`s. Und sonst gar nix. OK?!"

PaPO (zweifelnd): *"Und das geht so einfach?"*

SOL (begeistert): *"Na klar! So leicht geht das!"*
SOL (hält inne, wiegt einschränkend den Kopf etwas hin und her, fährt fort):
"Nun ja. Vielleicht sollte ich Ihnen noch ein paar Hintergründe dazu sagen... Also: Das liegt alles am System!"

SOL (schaut PaPO überzeugt an).

PaPO (vorsichtig): *"Herr Doktor?"*

SOL (neutral): *"Jaa?"*

PaPO: *"Sie sind da jetzt aber nicht irgendwie .... also, ich mein` jetzt politisch, oder* so? Weil, nämlich ... mit Kommunisten möcht` ich eigentlich nicht so wirklich etwas zu tun haben, wissen Sie!?"

SOL (rauft sich ein wenig die Haare, schüttelt den Kopf):
"Nein, nein, keine Angst! Das hat da nix damit zu tun! Hmm. Also. Wir Systemiker wir sprechen da von biochemischen Systemen, von Körpern, wenn Sie so wollen, dann von psychischen Systemen, von dem jeweiligen Seelenleben, mal alltagssprachlich ausgedrückt, und schließlich von sozialen Systemen, also von Ihnen und Ihren Mitmenschen, mit denen Sie real so zu tun haben ... "

PaPO (erstaunt, leicht überrascht, aber interessiert) "Ach was!"

SOL (engagiert):
"Doch, doch. Das ist schon wichtig, glauben Sie mir.
Und dann muß man noch überlegen: was ist überhaupt ein Problem?
Und: Gibt es überhaupt eines?"

PaPO (etwas irritiert):
"Ja also - meine Frau! Die ist aber WIRKLICH weg ...!"

SOL (möchte sich nicht aus dem Konzept bringen lassen):
"Ja, nee - ist klar. Aber jetzt lassen Sie mich erst mal!
Also: ein Problem ist ja nur ein Problem, wenn es jemand als Problem wahrnimmt und es auch zum Problem erklärt. Und wenn man nachher nur noch gemeinsam auf das Problem starrt - dann geht es einem wie vielen Pferden ...!"
(SOL hebt die Handflächen links und recht an die Augen, wackelt ein wenig damit.)
"Scheuklappen, Sie verstehen?"

PaPO (nachdenklich): "Hmmm."

SOL: "Aber weiter. Was haben wir noch? Wir schauen also, ob Sie nicht Ihren Blickwinkel verändern können, Ihre Perspektive. Und wir überlegen, was positiv daran sein kann, daß Ihre Frau weg ist, dies mal so als Beispiel. Außerdem beschäftigen wir uns damit, was Sie schon erfolgreich unternommen haben, um mit der Situation umzugehen und welche Möglichkeiten in dieser Hinsicht noch in Ihnen stecken! Dabei müssen wir zwar verschiedene Schwellen und Übergänge bewältigen - aber diese Einzelheiten führen jetzt zu weit. Allzuviele Sitzungen brauchen wir normalerweise auch trotzdem nicht dafür."

PaPO (einigermaßen zuversichtlich):
"Ja, ... das klingt eigentlich nicht so schlecht. Gut, dann werde ich gern zum nächsten Termin kommen."

SOL (zieht ein Büchlein und einen Stift hervor):
"Gut. Dann überlegen Sie bis dahin doch schon mal einiges zu den angesprochenen Punkten, schreiben Sie es auf und berichten mir beim nächsten Mal, was Sie da gefunden haben.

SOL (blättert in seinem Büchlein)
Herr Otential: wenn Sie später zu Hause sein werden, was denken Sie werden Sie mir bis dahin für ein Datum für unser nächstes Treffen vorgeschlagen haben?"

PaPO (geistesgegenwärtig):
"Nächsten Dienstag um Fünf?"

SOL (blättert im Büchlein, schüttelt den Kopf):
"Herr Otential: was denken Sie, werde ich später darauf erwidert haben und mit welcher Begründung?"

 PaPO (sein Geistesblitz hält noch weiter an, grinst):
"Sie werden abgelehnt haben und zwar, weil Sie da schon einen anderen Termin haben. Korrekt? Wie wär`s dann halt um Sechs?"

SOL (grinst ebenfalls):
"OK - alles klar!"

(Beide schütteln sich die Hand. Beide ab.)

******* **ENDE** *******

B) ALLTAG UND SPRACHE
(Glossen, Fragen, etc.)

Der Mensch muss müssen dürfen - außer im Stadthaus N1 in Mannheim ...!

Vor nicht langer Zeit, im Vorvorfrühling des Jahres, war ich mit einer mir bekannten Person weiblichen Geschlechtes, deren Identität hier aber nichts zur Sache tut, in der schillernden Großstadt Mannheim unterwegs.
Das Problem dabei: es war an einem Sonntag ...
Manche kennen ja vielleicht noch den tragisch - schönen Song der Sängerin Monica Morell: "Ich fange nie mehr was an einem Sonntag an,
weil ein Sonntag mir meinen Glauben nahm ...".
Vielleicht sollte man sich das ja auch als Mannheim - Besucherin zu Herzen nehmen, zumindest aber dann, wenn es sich um einen Spaziergang durch die Mannheimer Geschäftsstrassen in der Nähe des Stadthauses N1 handelt.
Was ist das denn eigentlich, dieses Stadthaus? Der Brockhaus der Neuzeit, wikipedia, belehrt uns:
"Im Stadthaus ist die Stadtbibliothek untergebracht. Daneben befindet sich dort der Ratssaal des Mannheimer Gemeinderats sowie ein Bürgersaal, der für Veranstaltungen zur Verfügung steht.
Im gläsernen Turm des Stadthauses befand sich seit 1994 das Turmcafe Cocktailbar Stars, ... Das Turmcafé wurde Ende August 2016 (aber) wegen Gefahr für Leib und Leben der Besucher*innen (Brandgefahr) geschlossen."
Auch sonst ist dieses Gebäude für eine hohe Zahl regelmäßig scheiternder Projekte und Geschäftsideen bekannt (Bio-Supermarkt, Wachsfigurenkabinett, etc. pp.)
So auch hier.
Nach einiger Zeit des Spazierengehens kam meine Begleiterin ein menschliches Rühren an. Kurzum, sie verspürte eine gewisse Notdurft. Das ist nichts ungewöhnliches! Bei genauerem Nachdenken fällt mir eigentlich sogar kein lebender Mensch ein, der derartigen Bedürfnissen nicht gelegentlich unterliegt ...
Da man sich geographisch in unmittelbarer Nähe des besagten Stadthauses befand, wurde beschlossen, die dortigen Möglichkeiten geschwind zu erkunden.
Ein erstes Ermittlungsergebnis ergab: auf diversen Plänen wurden tatsächlich mehrere WCs ausgewiesen, auf einem Stockwerk sogar solche für nichtbehinderte Menschen.
Eine weitere Nebenerkenntnis: die Verantwortlichen der Stockwerksbenennung hassen Systematik! Im Aufzug etwa gab es Knöpfe für Stockwerke wie "1", "2", etc. - mitten dazwischen gab es aber auch ein Stockwerk namens "P" ... Nun ja. Einmal umsteigen kann man ja.
Die weiteren Eruierungen ergaben: diese Stillen Örtchen trugen ihre Namen bedauerlicherweise sehr zu Recht. Denn sie waren abgeschlossen. Sachdienliche Hinweise, wie dieser Zustand womöglich zu ändern sei: fanden sich leider nicht und nirgends!
Was tun?
Sich vor das Haus zu begeben und sich halblegal "in die Büsche zu schlagen" kam organisatorisch und zeitlich nicht in Frage. Zumal im Rahmen diverser Innenstadtbegrünungen durch die Stadtverwaltung ja die Zahl der potentiell schlagbaren Büsche und Bäume zunehmend abnimmt ...
Sonstige Öffentliche Toiletten, ggf. auch gegen Münzeinwurf, waren uns anhand früherer Begehungen in der Nähe ebenfalls nicht bekannt.
Eine scheinbar willfährige Lösung bot sich nun aber dem Auge in Form des ausgedehnten Lokales "Azteca-Mexicana" im Erdgeschoß des N1 dar.
Jetzt wird es allerdings kompliziert. Denn es geht um Rechtsfragen.
Etwas anders als von mir bislang angenommen, gilt folgendes:
" ... Eine Gaststätte ist grundsätzlich ein privater Gewerbebetrieb. Der Inhaber des

Betriebes ist Inhaber des Hausrechtes. Er kann entscheiden, wer den Betrieb als Gast aufsuchen darf und wer nicht bzw. wer ihn eventuell verlassen muß. ...

Hieraus folgt, daß es die Entscheidung des Inhabers des Betriebes ist, ob er Passanten die Benutzung seiner Toiletten gewährt oder nicht. Einen Rechtsanspruch hierauf gibt es nicht.

Wenn ein Inhaber einer Gaststätte einer Person, die nicht Gast bei ihm ist, die Benutzung verweigert, so hat diese hier keinerlei rechtliche Handhabe. ... In manchen Städten gibt es Vereinbarungen zwischen bestimmten Gastronomen und der Gemeinde, wonach die Öffentlichkeit die Toiletten der der Vereinbarung angeschlossenen Betriebe nutzen darf (z. B. Radolfzell).

Möglicherweise kann eine solche Verweigerung so etwas wie eine "Unterlassene Hilfeleistung" sein. Hierzu müssen aber besondere, erschwerende Umstände hinzu kommen. ..." (Quelle: angelehnt an "Anwaltshotline".)

Und nun wird es lebhaft.

Die chronologische Schilderung der sich anschließenden Geschehnisse kann ich, insbesondere hinsichtlich der Reihenfolge der gefallenen Äußerungen, nicht völlig garantieren. Aber ich denke, das ist nicht so schlimm.

Eines jedoch noch vorweg.

Ich halte mich nicht für einen Ritter des Heiligen Stuhles, oder des Heiligen Grals (das soll ja auch so eine Art Schüssel gewesen sein).

Aber ich habe zuweilen Anwandlungen Dingen wirklich auf den Grund zu gehen und Menschen wirklich beim Wort zu nehmen.

Auch bin ich keinesfalls der Ansicht, für Vertreterinnen des weiblichen Geschlechtes den Drachentöter geben zu müssen, um den Zugang zu, na Sie wissen schon, zu ermöglichen (Das hätte bezüglich der konkret beteiligten Personen meine Begleiterin ggf. auch mindestens genau so gut wie ich erledigt, da bin ich mir sicher! Aber sie zog es halt vor, meine kleine Performance - ich hoffe amüsiert - aus dem Hintergrund zu beobachten.)

Doch nun von Anfang an.

Begleiterin betritt die Lokalität, bewegt sich gelassen auf die Toiletten zu. Ich warte unmittelbar vor dem offenen Eingangsbereich. Sie kehrt sehr schnell zurück und fragt eine nebenstehende Bedienstete: "Guten Tag. Man kann bei Ihnen da wohl nicht so ohne Weiteres auf Ihre Toilette?" (Wie sich viel später herausstellte, benötigt man hierfür einen geheimnisvollen Zahlencode, den man aber erst nach dem erfolgreichen absolvieren der Stufen hinsetzen, warten auf Bedienung, bestellen, bezahlen erhält ...)

Bedienstete (schon leicht emotional): "Nein! Das ist nur für Gäste!"

Ich schaltete mich nun ein, hatte vorsorglich auch bereits einen 5,- Euro - Schein in der Hand, den ich nun anbot.

"Schauen Sie, ich gebe Ihnen diese 5,- Euro. Damit sind wir Gäste. Und nun lassen Sie bitte die Kollegin ins WC."

Leichtes Entsetzen spiegelte sich nun im Gesicht der Bediensteten, nach und nach kamen dann noch bis zu vier (!) weitere hinzu, die dann auch teils mitdiskutierten.

"NEIN! Das dürfen wir nicht machen! Dafür Geld zu nehmen! Sie müssen Gäste sein!"

Ich erwiderte noch recht gelassen: "Ok. Ich bestelle ein Mineralwasser, wenn möglich ohne Kohlensäure. Damit sind wir dann ja Gäste."

Nun äußerten sich verschiedene der Bediensteten.

"Ich bin nur Springerin, ich darf keine Bestellungen aufnehmen!"

"Nein, die Kollegin neben mir ist auch Springerin, die darf das auch nicht."

"Wir haben gar kein Mineralwasser."

((Ich änderte auf "...eine Cola dann bitte." - keinerlei Effekt!))

"Sie müssen Gäste sein!"

"Wenn wir das machen würden, würden ganz viele kommen!"

"Das dürfen wir nicht."

"Gäste heißt Sie müssen sich hinsetzen und bestellen!"
((Ich setze mich und wiederholte meine Bestellung.))
"Nein, das geht nicht, das machen wir nicht, das dürfen wir nicht!"
Ich hörte mir diesen Chor noch eine Zeitlang an und erhob mich dann wieder.
Und sprach: "Nun gut. Ich habe verstanden. Wir haben noch etwas dringendes zu erledigen, deshalb gehe ich dann. Und zur Erinnerung an unsere denkwürdige Diskussion hinterlasse ich Ihnen hier diesen schönen 5,- Euro - Schein."
Ich legte selbigen neben die Kasse und schritt fürbaß, die Begleiterin schloß sich grinsend an.
Eilig ergriff eine der Bediensteten nun den Geldschein, wedelte irritiert mit ihm herum und sagte irgendetwas von "reden". Ich hatte nun aber ein wenig die Lust verloren und bemerkte im Weggehen nur noch: "Keine Angst, Sie werden noch von mir hören. Anderweitig allerdings."

Mein Gesamteindruck war hier nun aber doch der einer eher etwas ablehnenden Attitüde seitens der aztekischen Mexikaner.
Worin diese bloß begründet lag? Vielleicht an der bucharischen Kippa, die ich trug? Und meine Kopf- und Gesichtsfrisur lassen ja nun auch nicht auf Anhieb darauf schließen, dass ich ein seriöser Akademiker und langjähriger Mitarbeiter im Öffentlichen Dienst bin ...
Haben also Kippaträger und / oder menschliche Langhaardackel evtl. gezielt keine Klorechte im Stadthaus N1, bei "Azteca-Mexicana" im Erdgeschoß?
Vielleicht wird man es einmal erfahren. Wer weiß ...

* * * * * * *

STREICHFÄHIG

Kürzlich stand ich viele Minuten auf der Straße herum und starrte auf ein Brotreklame-Plakat.
(Was die anderen Passanten für eine Theorie über meinen Geisteszustand derweil entwickelt haben, weiß ich nicht ...)
Die sich dort präsentierenden Werbesprüche enthielten zwei Fehler.
Den Einen bekomme ich jetzt hier nicht mehr ganz zusammen.
Der Andere ging so:
"Das Brot ist sehr streichfähig!"
NIEMALS ist es das!
Ich halte es schon für äußerst (!) zweifelhaft Butter, Margarine et al. als "streichfähig" zu bezeichnen.
Diese Substanzen mögen durchaus tolle Fähigkeiten haben, ich will hier niemanden diskriminieren!
Aber ich kann sie mir extrem schlecht vorstellen, wie sie -jetzt mal nur als Beispiel-mit einem Pinsel "bewaffnet" bei mir zu Hause die Raufasertapete streichen ...!
Und das auch noch "fähig".
Und erst das Brot. Niemals nicht ist es "streichfähig".
OK, der aufmerksame Betrachter ahnt ja durchaus, was wirklich gemeint ist:
"Gut streichbar" oder "gut verstreichbar", klar ...
Jedenfalls was die Butter, etc. betrifft.
Was nun jedenfalls vor meinem inneren Auge auftauchte, als ich geraume Zeit auf das Plakat starrte, war eine überdimensionale Hand, die mit übermenschlicher Kraft ein entsprechendes Messer führend, das komplette, arme Brot irgendwohin schmierte. Zum Beispiel an die Scheibe des Bäckers, Verzeihung, der "Back-factory". Oder an eine Tür.
Die des Werbetexters etwa ...
Schließlich hat der uns diesen „Streich" gespielt!

SCHATTIGE BAUTEILE (Glosse)

Wie kalt und prosaisch ist doch die Welt der "korrekten Definitionen" ...
Da gibt es doch diesen herrlichen Begriff "Schattenfuge".
Der hat mir gleich gefallen. ("Tidenhub" und "Überzwerch" wären übrigens weitere, solcher
Begriffe. Aber egal.)
Korrekt definiert man diesen Begriff jedenfalls so:
"Eine Schattenfuge ist entweder eine Fuge zwischen Bauteilen unterschiedlicher Funktion,
zum Beispiel zwischen einer Seitenwand und einer abgehängten Holz-Unterdecke oder
zwischen einer Bildaussenkante und einem Bilderrahmen. Diese Fuge wird Schattenfuge
genannt und kann gestalterisch betont werden." (Wikipedia)
Aber was soll das!?
Hierzu ist mir nun wahrlich wesentlich Erbaulicheres eingefallen.
Es gibt ja immer eine Person, von der man bestimmte Worte ein erstes Mal hört ... In diesem
Falle handelte es sich hierbei um Nina. Ich schrieb ihr zunächst:
"Schattenfuge" ist ein herrliches Wort, was es alles bedeuten könnte ...
Ein geheimnisvolles Musikstück, aufgestiegen aus dem Zwielicht des Hades, komponiert von
einer einsamen untoten Seele, z.B. ...
Nina antwortete denn auch:
"In der Tat handelt es sich um eine Komposition Walter Ulrich Liebentreus, eines
Zeitgenossen J.S. Bachs. Einer, der ständig vom Ruhm des großen Meisters überdeckt
wurde, obwohl er doch über mindestens ebensoviel technisches Geschick und Inspiration
(wenn auch über weniger Kinder) verfügte. Der komponierte in einem Anfall von
künstlerischer Verzweiflung binnen 14 Tagen, während derer er weder schlief noch aß, ein
gewaltiges kontrapunktisches Werk - sein opus maximum und zugleich ultimum, denn kaum
hatte er die Feder beiseite gelegt, kippte er vom Stuhl und starb an Kreislaufversagen. (Als
offizielle Todesursache wurde damals "hitziges Hirnfieber" notiert, während die Kirche von
dämonischer Besessenheit ausging und der obendrein mittellose Musikus in einem
Armengrab am äußeren Rande des Friedhofs beigesetzt wurde).
Wie durch ein Wunder wurde sein Werk jedoch knapp 200 Jahre später wiederentdeckt, und
zwar von Ludwig Rellstab, demselben Typen, der Beethovens Klaviersonate Nr. 14, op. 27
Nr. 2 ungefragt den Namen "Mondscheinsonate" aufgezwängt hatte. Der erinnerte sich beim
Hören der Komposition an einen Wespenstich, den er mal im Schatten einer Ulme erlitten
hatte, und da der arme Walter Ulrich Liebentreu ja auch immer im Schatten Bachs
gestanden hatte, gab Rellstab dessen letztem Werk den Namen "Schattenfuge"." ...
Soweit Nina.
Dies sagte mir nun schon wesentlich mehr zu!
Einige Weiterungen von mir mussten aber denn doch noch folgen:
" ... Und nachts, zwischen Mitternacht und Ein Uhr, wenn man auf diesem Friedhof
nachdenklich spazieren geht und über den Wert oder Unwert des Lebens, der Liebe und des
Todes sinniert und versonnen auf dieses von Efeu überwucherte Armengrab herabsieht ...
dann, ja dann wiegen sich die Äste der Friedhofsbäume im plötzlichen, kühlen Wind und das
Licht des Mondes flackert durch sie hindurch, so daß man meint, der Mond selber führe
einen flatternden Tanz am Himmelszelt auf. Und von Ferne, von weit unten her, hört man
sie, die Töne, die Musik, die Fuge, die Schattenfuge! Sie bringt Kunde vom Leben, vom
Leiden der Wesen die im Schatten stehen, nicht, oh nein, nicht im Licht, im Schatten, im
tiefen Schatten weben und walten und wirken sie ... Wehmut, Sehnsucht und Andacht legen
sich wie ein schwerer Mantel um unsere Seele, umhüllen sie, umhüllen sie ganz und treiben
sie fort, weit fort, hinaus, hinaus aus unserem Körper gar. Machen sie selbst zum Schatten ...
und treiben sie hinfort ins Unendliche."
Ich denke, so wird das etwas mit der „Schattenfuge". Oder!

* * * * * * *

GESCHLIFFENE PIRATEN

Also. Vorgeschichte. Ich habe da ein wenig eine Macke. (Eine?? Egal.)
Meine Mutter (Reporterin) pflegte mir, als ich noch Schulkind war, stets mitleidig-
herablassend zu sagen: "Aufsätze kannst Du ja sehr gut schreiben, aber Rechtschreibung
wirst Du wohl nie lernen!"
Dies stachelte meinen Ehrgeiz ungemein an. Zwar bin ich auch Heute selbst noch nicht
fehlerlos, jedoch bemühe ich mich -trotz neuer Rechtschreibung- darum und leide immer fast
körperliche Schmerzen, wenn ich Fehler entdecke.
Und ich entdecke sie überall!
So auch im Baumarkt. Das steht doch glatt -in Emaille gebrannt- über einem Regal es gäbe
dort: "Exenterschleifer". Jauuuuuul! Selbst wenn das mittlerweile die neue Rechtschreibung
zulassen sollte (ich hoffe nicht!), so bleibt dies einfach
nur FALSCH! Es heißt nämlich und natürlich: "Exzenterschleifer"!
(Ausführliche lateinische und eben nicht englische Herleitung gebe ich gern auf Anfrage.)
Zaghaft hatte ich bereits bei vorherigen Besuchen Verkäufer mündlich darauf
angesprochen, hatte jedoch nie den Eindruck gehabt, daß ich mich so richtig gut hatte
verständlich machen können.
Nun hielt ich es nicht mehr aus und schrieb einige Zeilen auf einen der "Ihre Meinung ist uns
wichtig!"- Zettel.
Diesen gab` ich dann an der Info-Theke ab, bzw. zeigte ihn zunächst einer der Damen dort
und erläuterte das Ganze ein wenig.
"Ex gleich "von, weg" aus dem Latein und "-zenter" von Zentrum, Sie verstehen? Mit Piraten
hat es dagegen nix zu tun, wegen "-Enter", meine ich, ist doch nachvollziehbar, nicht wahr ?
Was hat ein Schleifer schon mit der unchristlichen Seefahrt zu tun ... Oder?"
Die Dame hatte die ganze Zeit auf den Zettel geschaut, jedoch war keinerlei Ausdruck
des Verstehens über ihr Antliz geglitten .... Nun wandte sie sich stumm ab.
"Ähm, hm, ich verstehe Sie jetzt so, daß Sie dies nicht so sonderlich interessiert?",
frug ich dann mal so daher.
Irritiert wandte sie sich wieder mir zu und murmelte etwas wie "Oh, doch! Werde es natürlich
weiter leiten ...". Zufrieden war ich nicht direkt. Aber sie schaute mich auch ein wenig seltsam
an, als wenn sie ganz genau aufpassen müßte, was ich wohl als Nächstes täte.
Ich ging dann lieber.
Ist schon ein paar Monate her.
Über dem Regal steht noch immer: "Exenterschleifer".
Manchmal träume ich Nachts.
Von winzigen Piraten, die auf Schleifgeräten mit Enterhaken herumturnen.
Vielleicht feuern sie sich auch manchmal gegenseitig durch aufmunternde Rufe an: "Enter!
Enter!" Und immer so fort ...
Warum ich sowas träume, na ja, das weiß man ja nun ...

* * * * * * *

LAMM AN MEER

Also, zunächst einmal: ich bin Vegetarier. Schon immer. Auch am Meer -und an der Ostsee daher selbstredend allemal! Das bezieht natürlich auch (aber sicherheitshalber doch hier nochmals erwähnt!) sämtliche Fische -und natürlich auch Lämmer mit ein. Zumal diese traditionell ja auch noch als geradezu sprichwörtlich fromm gelten (vergl.: „lammfromm", „sanft wie ein Lamm", u.ä.). Dennoch wurde ein solches kürzlich -zumindest verbalvirtuell-Gegenstand meines theoretischen (!) kulinarischen Interesses.

Erst wenige Sekunden war es her, dass ich mich der rauschenden See abgewandt und langsamen Schrittes durch den feuchtnassen Sand der Strandpromenade wieder genähert hatte. Halbwegs zahlreiche Gedanken und Emotionen hatten mein Gemüt dort durcheilt. Ein alternder, einsamer, kleiner Mann unter einem mit bleigrauen Wolken verhangenem Himmel, in der vorzeitigen Abenddämmerung auf die gischtend ans Ufer schlagenden, grimmig und fast schon mit verhaltenem Zorn heran brausenden Wellen starrend, hatte ich des Schicksals des Menschengeschlechtes gedacht. Seiner mutmaßlichen Herkunft aus jenem chaotischen Ur- Ozean, seines späteren Frevels an den Schätzen und Wesen der Meere, der Meere die doch nicht weniger als siebzig Prozent unserer Welt, unserer Erde einnehmen- und sich so ja doch eines Tages durchaus mit einer einzigen Bewegung, einer einzigen gigantischen Wellenbewegung alles das zurückholen könnten, was doch eigentlich und ohnehin ihnen gehörte ...

Auch andere -settinggerecht trübe-Reflexionen hatten meine Gedanken eher verdunkelt, als erhellt.

((Ob diese Gemütsregungen sich auf den Verlust der großen Liebe des Unterzeichners, seinen Welt – und Einsamkeitsschmerz ganz allgemein, oder gar auf seinen vordem nun doch etwas zu sehr und zu intensiv beschnittenen Zehennagel (linker Fuß, Ursache: defekter Nagelschneider) bezogen- dies muss hier und an dieser Stelle jedoch offen bleiben... Schließlich möchten wir dem allgemeinen Voyeurismus nun nicht auch noch hier unnötig Vorschub leisten! Oder- drücken wir es positiver aus: Der geneigte Leser, die geneigte Leserin möge nicht mit -wenn auch im individuellen möglicherweise durchaus sehr bedauerlichen- Einzelschicksalen gelangweilt werden ...!))

A pro pos weitschweifig.
Das Lamm.
Das frische Lamm und das Meer.
Genau.
Oder vielmehr: eben nicht! Nicht genau, sondern ungenau- um nicht sogar sagen zu müssen: schlicht Falsch!

Angelangt an jener besagten Strandpromenade, fiel mein noch immer etwas schwermütiger und wirrer Blick unversehens auf- eine Schiefertafel. Und auf eben jener ging es um das in Rede stehende Lamm! Auch andere Protagonisten, wie beispielsweise ein gewisser „tomatisierter Fenchel" fanden dort ihre, fraglos verdiente, Erwähnung- jedoch ist dies eine ganz andere Geschichte. In ansehnlich gesetzten Buchstaben fand sich nun auf dieser Tafel, unmittelbar vor einem Restaurant namens „Medias" (in dem im Übrigen ein vorzügliches Frühstück -und das bis 18 Uhr- serviert wird) Weiß auf Schwarz von charmanter Hand gekreidet, folgende Inschrift: „Lammspieße an mediterranen Gemüse und Röstkartoffeln". Geht nicht. Geht gar nicht. Nun gut- die Kartoffeln sind unschuldig. (Und diese Bewertung hat schier NICHTS, aber auch gar nichts mit meiner allseits bekannten Vorliebe für Kartoffeln im Allgemeinen zu tun – nur um das hier einmal klar zu stellen!)

„Lammspieße an Röstkartoffeln"- ok, korrekt, Danke, abhaken, erledigt!

„Lammspieße an mediterranen Gemüse"- niemals. Auf keinen Fall- und in hundert Jahren nicht!

Bevor wir aber nun zum konstruktivenTeil kommen, zunächst etwas, das ebenfalls nicht ginge, nämlich: „Lammspieße an mediterranes Gemüse". Nun gut- dies wäre allenfalls noch vorstellbar innert des Szenarios angreifender, marischer Ostsee- Lebewesen ... Also so etwa in der Art, wie: „Lammspieße an mediterranes Gemüse! Achtung, Achtung! Erste Angriffswelle nähert sich dem Meer entsteigend der Strandpromenade! Wehrt Euch! Kämpft!- Mensch, macht was!! Bewerft sie! Am besten mit, ..., äh, ...Röstkartoffeln!?!?"

Oder so. Aber darum geht es hier ja eigentlich gar nicht, richtig.

Nachdem ich mehrere Minuten lang die besagte Schiefertafel intensiv fixiert hatte, durcheilte mich der Gedanke, die dargebotene Formulierung nicht vergessen zu wollen, zwecks einer späteren Ausarbeitung von Optimierungsvorschlägen. Derlei gelingt mir erfahrungsgemäß am Besten, wenn ich mir solches notiere. Und zwar schriftlich. Unglückseligerweise führte ich aktuell aber kein geeignetes Schreibgerät mit mir. Ein durchaus engagierter Versuch die besagten Worte mit einem Schlüssel in ein weißes Zettelchen aus meiner Brieftasche einzuritzen, zeitigte im weiteren Verlauf jedoch leider nur mäßige Erfolge. So verfiel ich auf die altehrwürdige Lern-Tradition des so genannten Rezitierens...
„Lammspieße an mediterranen Gemüse und Röstkartoffeln - Lammspieße an mediterranen Gemüse und Röstkartoffeln - lammspieße an mediterranen gemüse und röstkartoffeln - lammspießeanmediterranengemüseundröstkartoffeln, ...!"
So also, halbblau deklamierend und mit halb geschlossenen Augen, stand ich nun etliche Minuten vor einer Schiefertafel, im Angesicht der gewaltigen, rauschenden Ostsee mitten am Timmendorfer Strand (Ortsteil Nienburg) auf der Uferpromenade bei meinem Versuch diese mit Optimierungspotential versehene Formulierung zuverlässig in meinem Gedächtnis zu verankern.
Nach einer gewissen Zeit beschloss ich jedoch, diese Tätigkeit lieber wieder zu beenden- es waren durchaus noch einige andere Gäste auf der Promenade unterwegs, denen diese, meine Anstrengungen nicht gänzlich unbemerkt geblieben waren ...
Als schließlich ein Herr (dessen Outfit und biologisches Ambiente beispielsweise die Berufsausübung eines Psychotherapeuten keineswegs ausschloß) mich intensiv zu mustern begann und sich auch eine seiner Augenbrauen nicht unerheblich anhob, brach ich schließlich ab und kehrte möglichst unauffällig, aber zügig in mein Zimmer zurück.

Nun gut wie die geneigte Leserin und der geneigte Leser bemerkt haben mag, hatten meine Anstrengungen ungeachtet dessen ausgereicht. Und -ebenso zutreffend- sollte derjenige der meckert nicht nur kluge Reden in renommiertenTagungsstätten schwingen (und in Alternativkneipen wie dem „TreibSand" in Lübeck herum hängen)- sondern auch konstruktive Vorschläge machen! Darum. Hier und jetzt: „Lammspieße an mediterranem Gemüse"!
Und an „Röstkartoffeln"-selbstredend.

Eventuell auch noch möglich:
„Lammspieße an mediterranen Gemüsen". So kann es sein, so soll es sein. So wird es sein!
Hoffentlich.
In diesem Sinne: guten Appetit, vielen Dank -und: Auf Wiedersehen!

* * * * * * *

ANMERKUNG

Einige der Glossen sind bereits in meinem „Sammelband" titels
„ALLES" (BoD, 2019) erschienen.

Ich bitte um Verständnis!

In „ALLES" sind ansonsten hauptsächlich Science Fiction-, Fantasy-
und ähnliche Storys vertreten.
Und diese Glossen passten nun aber auch hier mindestens so gut
hinein. :-)

Es betrifft dies die Geschichten: „Lamm an Meer", „Geschliffene
Piraten", „Schattige Bauteile" und „Streichfähig".

BTB

Die Bahnhofsfrage - hier an Geisteswissenschaftler und andere Nerds

Ein Passant fragt: *"Wo geht's denn hier zum Bahnhof?"*

Es antworten ihm ein:

+ Pädagoge: "Ich weiß natürlich, wo der Bahnhof ist. Aber ich denke, dass es besser für dich ist, wenn du es selbst herausfindest."

+ Sozialpädagoge: "Ich weiß es auch nicht, aber ich finde es total gut, dass wir beide so offen darüber reden können."

+ Sozialarbeiter: "Keine Ahnung, aber ich fahre Sie schnell hin."

+ Bioenergetiker: "Ihr Körper kennt die Antwort schon. Machen Sie mal: sch ... sch ... sch ...!"

+ Gesprächspsychotherapeut: "Sie wissen nicht, wo der Bahnhof ist und das macht Sie nicht nur traurig, sondern auch ein Stück weit wütend."

+ Psychoanalytiker: "Sie meinen diese dunkle Höhle, wo immer was Langes rein und raus fährt?"

+ Tiefenpsychologe: "Sie wollen verreisen?"

+ Verhaltenstherapeut: "Heben Sie zuerst den rechten Fuß und schieben Sie ihn vor. Setzen Sie ihn auf. Sehr gut. Super!"

+ Gestalttherapeut: "Du, lass es voll zu, dass du zum Bahnhof willst."

+ Familientherapeut: "Was glauben Sie, denkt Ihre Schwester, was Ihre Eltern fühlen, wenn die hören, dass Sie zum Bahnhof wollen?"

+ Psychodramatherapeut: "Zum Bahnhof. Gut. Das spielen wir mal durch. Geben Sie mir Ihre Jacke, ich geben Ihnen meinen Hut, und dann..."

+ Hypnotherapeut: "Schließen Sie die Augen. Entspannen Sie sich. Fragen Sie ihr Unterbewusstsein, ob es Ihnen bei der Suche behilflich sein will."

+ NLP'ler: "Stell dir vor, du bist schon im Bahnhof - welche Schritte hast du zuvor getan?"

+ Reinkarnationstherapeut: "Geh zurück in der Zeit - bis vor deine Geburt. Welches Karma lässt dich immer wieder auf die Hilfe anderer Leute angewiesen sein?"

+ Provokativtherapeut: "Ich wette, da werden Sie nie drauf kommen!"

+ Lösungsorientierter Therapeut: "Gab es schon mal die Ausnahme, dass Sie den Bahnhof gefunden hatten? Was haben Sie da anders gemacht?"

+ Neurologe: "Sie haben also die Orientierung verloren. Passiert Ihnen das öfter?"

+ Soziologe: "Bahnhof? Zugfahren? Interessant! Welche Klasse?"

+ Mediator: "Welche Lösungswege haben Sie sich schon überlegt? Schreiben Sie bitte alles hier auf diese Kärtchen."

+ Esoteriker: "Wenn du da hin sollst: wirst du den Weg auch finden!"

+ Kreativitätstherapeut: "Hüpfen Sie so lange auf einem Bein, bis ihr Kopf eine Idee freigibt."

+ Rational Emotiver Therapeut: "Nennen Sie mir einen vernünftigen Grund, warum sie zum Bahnhof wollen."

+ Coach: "Wenn ich Ihnen die Lösung vorkaue, wird das Ihr Problem nicht dauerhaft beseitigen."

+ Zeitplanexperte: "Haben Sie denn überhaupt genügend Pufferzeit für meine Antwort eingeplant?"

+ Manager: "Fragen Sie nicht lange - gehen Sie einfach los!"

+ Lehrer: "Wenn Sie aufgepasst hätten, müssten Sie mich nicht fragen!"

+ Zahnarzt: "Das kann ich Ihnen sagen, aber das zahlt Ihnen keine Kasse!"

+ Priester: "Heiliger Antonius, gerechter Mann, hilf, dass er ihn finden kann. Amen!"

+ Second Life Bewohner: "Hi. Ja, wart mal, ich guck mal im Inventar, ob ich da 'nen Teleportlink für Dich finde. Hast es denn auch schon mal über die Suchfunktion probiert?"

+ WoW- Spieler:
"So auch Du ein Streiter für die Allianz bist, will ich gern versuchen Dir zu helfen. Warte nur - ich frage nun schnell einmal in meiner Gilde nach!"

+ Computer Nerd (2005):
"Kein Problem! Guck mal da - 30 Meter links. Da ist ein Internet - Cafe. Da kannst Du Dir über Google - maps die Route suchen und ausdrucken! Cu!"

+ Auto - Fan:
"Bahnhof?? Ich KENNE KEINE Bahnhöfe! Schon ewig nicht mehr!!"

+ twitterer:
"Moment." Zückt sein Gerät. "Einer von meinen followern weiß das BESTIMMT! Ich twitter das sofort und bitte auch um retweets / #RT!"

+ facebook - Nutzerin:
"Sekunde, guck mal bitte traurig hier in die Handykamera! Ok, Danke, ich poste das jetzt gleich auf facebook. Irgendwer findet Dich bestimmt süß und verrät es Dir, weil Du so traurig guckst! :-) "

* * *

D_ebakel B_odenlos ...

Mathematiker
Zwei Mathematiker und zwei Physiker fahren zusammen mit der Bahn zu einem Kongress. Auf der Hinfahrt unterhalten sie sich über die Systematik des Fahrkartenkaufs, wobei die Mathematiker erwähnen, dass sie nur eine Fahrkarte für zwei Personen brauchen. Als nach einiger Zeit sich der Schaffner nähert, gehen die beiden Mathematiker zusammen aufs Klo (auf dasselbe!). Kurz darauf klopft der Schaffner an die Tür und verlangt die Fahrkarte. Die Mathematiker schieben ihre unter der Tür durch, und alles ist okay. Auf der Rückfahrt haben die Physiker dazu gelernt und auch nur eine Fahrkarte gekauft. Die Mathematiker haben dagegen gar keine! Wiederum nähert sich bald der Schaffner, und die Physiker begeben sich aufs Klo. Kurz darauf geht ihnen einer der Mathematiker nach und klopft an die Tür: Die Fahrkarte bitte!
Was lernen wir daraus? Die Physiker wenden mathematische Verfahren an, ohne sie wirklich zu verstehen.

Jungens
Stehen zwei Jungs am Bahnsteig. Fragt der eine:"Wann kommt den endlich die Bahn?" Antwortet der andere:"Kann ja nicht mehr lange dauern, die Gleise liegen ja schon da!

....

DURCHSAGEN

Im ICE: "For Anschluss-Connections please listen to the Lautsprecheransagen!"
...

"Für alle neu zugestiegenen Fahrgäste ohne Platzreservierung: willkommen auf unserer Stehparty!"
...

"Durch eine äußerst seltene Verkettung glücklicher Umstände werden wir unser Ziel unerwartet plangemäß erreichen."
...

"Reisende, die sportlich unterwegs sind und nicht zu viel Gepäck haben, sollten den Anschlusszug noch erreichen."
...

"Nachdem ich Sie lange genug am Platz mit Getränken belästigt habe, stehe ich jetzt in Wagen 6 für Sie bereit."
...

....

Frage

Worin besteht die Gemeinsamkeit zwischen einem Eunuchen und dem Management der Bahn? Beide wissen wie es geht - können es aber nicht.
...

Spracherziehung

Eine Mutter hört von der Küche aus ihrem 5-jährigen Sohn zu, der im Wohnzimmer mit seiner neuen Eisenbahn spielt. Sie hört den Zug anhalten und ihren Sohn sagen: "Alle total verblödeten Typen die hier aussteigen wollen, schwingt eure Ärsche aus dem Zug! Und alle Vollidioten die hier einsteigen, beeilt euch gefälligst, ihr lahmen Penner!"
Die total geschockte Mami rennt zu Ihrem Sohn und sagt: "Du gehst jetzt sofort für zwei Stunden auf dein Zimmer. In diesem Haus wird nicht so gesprochen! Nach den zwei Stunden darfst du wieder mit dem Zug spielen, aber nur, wenn Du dich einer höflicheren Sprache bedienst."
Zwei Stunden später hört sie ihren Sohn wieder mit der Bahn spielen. "Alle Fahrgäste die hier aussteigen, bitte vergessen Sie nichts im Zug. Vielen Dank, dass Sie mit uns gereist sind. Unseren neuen Fahrgästen, die hier zusteigen, wünschen wir eine angenehme Reise."
Die Mami freut sich schon wie eine Schneekönigin, als sie den Kleinen dann noch hinzufügen hört: "... und alle die wegen der zweistündigen Verspätung angepisst sind, beschweren sich bitte bei der Schlampe in der Küche!"

....

((Zum Teil bereits in "D_ebakel B_odenlos", BoD, erschienen.))

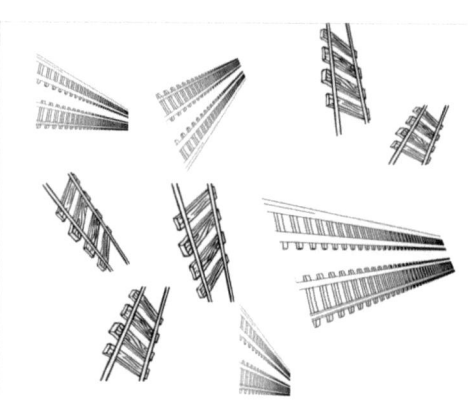

ANTWORTEN verschiedener Mitmenschen auf fast jede beliebige Frage

.

Mitmensch: "Keine Ahnung, ich dachte das gibt es schon gar nicht mehr."

.

Allgemeinarzt: "Zunächst etwas vorweg: Sind Sie privat versichert?"

.

Atemtherapeut: "Der Atem wird Ihnen den Weg zeigen."

.

Benchmarker: "Wer kann so ein Problem am besten lösen? Nehmen Sie sich den als Vorbild."

.

Bioenergetiker: "Schau mal, dein Körper kennt schon die Antwort. Horche da einmal tief in Dich hinein!"

.

Politisierter Caritasmitarbeiter: „In Deutschland werden die Menschen leider nicht über so etwas informiert!"

.

Coach: „Sind Sie Teil der Lösung oder Teil des Problems?"

.

Esoteriker: "Wenn Du dies wirklich wissen sollst, wird Dich die Antwort ganz sicher auch finden!"

.

Klassischer Familientherapeut: „Was ist Dein sekundärer Gewinn, wenn Du dies erfährst? Möchtest Du meine Bekanntschaft machen?"

Familienaufsteller: „Wenn Sie ihren Vater hinter sich spüren würden, hätten sie die Antwort schon längst gefunden!"

Freudianer: „Sagen Sie mir doch bitte, inwiefern Sie vielleicht selbst das Objekt ihrer Frage sind!"

Gedächtnistrainer: „Angenommen, ich würde Ihnen dies beantworten. Mit welcher Eselsbrücke könnten Sie sicherstellen, daß Sie sich jederzeit wieder daran erinnern?"

Geistheiler: „Für die Antwort brauchen wir viel positive Energie. Lass uns einen Kraftkreis bilden und Deinen Schutzgeist anrufen!"

Gesprächstherapeut I.: "Ja! Mmh. Mmh! Mögen Sie mir zunächst noch etwas mehr hierüber erzählen?"

Gesprächspsychotherapeut II.: "Sie wissen die Antwort hierauf nicht, und das macht Sie traurig und vielleicht auch ein wenig ärgerlich?"

.

Gestalttherapeut: "Du, lass es doch einfach voll zu, dass Dir die Antwort einfällt!"

.

Humanistischer Psychologe: "Wenn Sie das wirklich wissen wollen und einfach nur ganz fest an sich glauben, dann werden Sie die Antwort auch finden!"

.

Hypnotherapeut: „Schließen Sie die Augen. Entspannen Sie sich! Fragen Sie nun Ihr

Unterbewusstsein, ob es Ihnen bei ihrer Suche behilflich sein will."

Imago-Therapeut: "Ich höre was du sagst. Habe ich denn damit aber wirklich alles gehört?"

Jogger: "Einfach gerade aus, und wenn Sie schnell sind, haben Sie es sehr schnell geschafft!"

Journalist: „Das ist ja ein Skandal. Offensichtlich gibt es viel zu wenige Hilfen, damit man darauf kommt. Da muss doch jemand dafür verantwortlich sein!"

Kreativitätstherapeut: „Hüpfen Sie solange auf einem Bein herum, bis ihr Kopf eine spontane Idee erzeugt!"

Lehrer: "Wenn Sie aufgepasst hätten, müssten Sie mich nicht fragen."

Logopäde: „Sie betonen bei Ihrer Frage einige Silben ganz falsch! Lassen Sie uns das zunächst mal Schritt für Schritt durchgehen."

Logo-Therapeut: "Welchen Sinn macht es, auf so etwas die Antwort zu finden?"

Lösungsfokussierter Kurztherapeut: „Angenommen, ... Sie wären heute Abend ... nachhause gegangen, und ... - mitten in der Nacht - ... geschieht ein Wunder ... und was Sie zu mir geführt hat, ist gelöst ... - einfach so! -, ... aber es geschah ja, während Sie schliefen - ... woran ... würden Sie beim Erwachen merken, dass die Lösung da ist? Wer außer Ihnen könnte es sonst noch merken? Und woran?"

Manager: „Fragen Sie nicht lange! Machen Sie es einfach!"

Moderator: „Welche Lösungswege haben Sie schon angedacht? Schreiben Sie alle hier auf diese Kärtchen!"

Mutter: „Kind, was willst Du denn mit sowas?! Halt Dich doch lieber an Deine Familie!"

Neurolinguistischer Programmierer: „Stell Dir vor, Du hast die Lösung schon gefunden. Welche Schritte hast Du zuvor getan?"

Neurologe: „Sie haben also in dem Punkt die Orientierung verloren. Passiert Ihnen das öfter in letzter Zeit?"

Pädagoge: „Ich weiß es natürlich, ... Aber ich glaube, dass es besser für Dich ist, wenn Du es selbst herausfindest!"

Physiotherapeutin: "Sie schaffen das! Spannen Sie dazu mal richtig ihre Muskeln an und legen Sie los!"

Politiker: „Nun, gerade in bezug auf diese Frage haben wir im Gegensatz zur Opposition und im übrigen auch in voller Übereinstimmung mit unserem Parteivorsitzenden immer ein offenes Ohr für alle Belange, die unsere Bürger betreffen und das auch und gerade in den neuen Ländern."

Priester: „Heiliger Antonius! Gerechter Mann! Hilf, daß er die Lösung finden kann!"

Psychiater: „Seit wann bedrängt Sie diese Frage?"

Psychoanalytiker: "Sie möchten hier also etwas intimeres und tiefer gehendes in Bezug auf diese Frage wissen und in diesen Gegenstand ihres Interesses tiefer eindringen?"

Psychodrama-Therapeut: „Eine sehr interessante Frage! Fein. Das spielen wir doch gleich mal durch. Geben Sie mir Ihren Hut, ich gebe Ihnen meine Jacke und dann ..."

Provokativ - Therapeut: „Ich wette, Sie werden die Antwort niemals finden!"

Rational-Emotiver-Therapeut: "Nennen Sie mir einen vernünftigen Grund, warum Sie das wissen wollen."

Reinkarnationstherapeut: „Geh zurück in der Zeit- bis vor Deine Geburt! Welches Karma lässt Dich immer wieder auf die Hilfe anderer angewiesen sein?"

Releaser: "Da mußt Du erstmal Deine Widerstände loslassen, die Dich hindern, die Antwort zu finden. Probier doch mal den Satz: Ich lasse los die Angst vor den Konsequenzen, wenn ich die Antwort wirklich finde!"

Sozialarbeiter: "Keine Ahnung, aber ich helfe Dir sehr gern dabei, Du!"

Sozialpädagoge: "Du, das weiß ich auch nicht, aber ich finde es total gut, dass wir beide so offen darüber reden können."

Soziologe: „Ah, ja. Was denken Sie, welche Auswirkungen das Finden der richtigen Antwort auf die Menschen in Ihrem näheren und weiteren Umfeld haben wird?"

Spieler: "Wollen wir darauf wetten, dass Sie die Antwort nicht finden?"

Stadthistoriker: "Ja früher, so um 1900, für diese Zeit hätten ich Ihnen da noch eine zutreffende Antwort geben können!"

Systemischer Coach: "Wenn ich Ihnen die Lösung vorkaue, wird das Ihr Problem nicht dauerhaft beseitigen."

Systemischer Strukturaufsteller: „Wählen Sie einfach unter den Vorübergehenden jemand hinsichtlich der Fragestellung aus! Was ändert sich für Sie, wenn Sie sich ihm nähern? Gibt es vielleicht etwas dabei, um das es eigentlich auch noch geht?"

Systemiker: „Was glauben sie, was es für Ihre Frau bedeutet, wenn sie erfährt, dass Sie das wissen wollen? Und was glauben Sie, wird Ihre Schwiegermutter vermuten, was Ihre Frau sagen wird?"

Systemischer Familien-Therapeut: "Ich frage mich, was Ihre Mutter dazu sagen würde, wenn Ihr Vater diese Fragen stellt?"

Tiefenpsychologe: "Sie verspüren da also wieder einmal so einen Drang das wissen zu wollen?"

Tourist: "Ich habe auch schon gehört, dass die Antwort sehr interessant wäre. Da denke ich doch gleich mal mit Ihnen zusammen nach."

.

Trendscout: "Sie sind heute schon der Zweite, der mich heute danach fragt. Mir scheint das ist die neue question to ask!"

.

Unternehmensberater: "Da müssen wir erst mal einen klaren Kontrakt machen und ein Lenkungsteam installieren, bevor wir an dieser Frage arbeiten können."

.

Zeitplanexperte: „Haben Sie überhaupt genügend Pufferzeit für meine Antwort eingeplant?"

.

* * *

Sind Sie etwa Homophon?!

Wer sich schon an der Küste küsste
wird wohl auch manchmal Seen sehen.
Wird selten auf dem Rasen rasen,
er ist kein Schlechter und kein Schlächter.

Er hebt sein Lid und singt ein Lied,
zupft gern dabei auch eine Saite,
zeigt musikalisch seine beste Seite.
Gewandt ist er, bunt sein Gewand,
und gut kann er mit Verben werben ...

* * *

C) GRUPPENBEZOGENE VERSPOTTUNGEN

Nazis, jobcenter, Atheisten, Sozialarbeiter, Männer

NEONAZIS
UND ÄHNLICHE GESELLEN

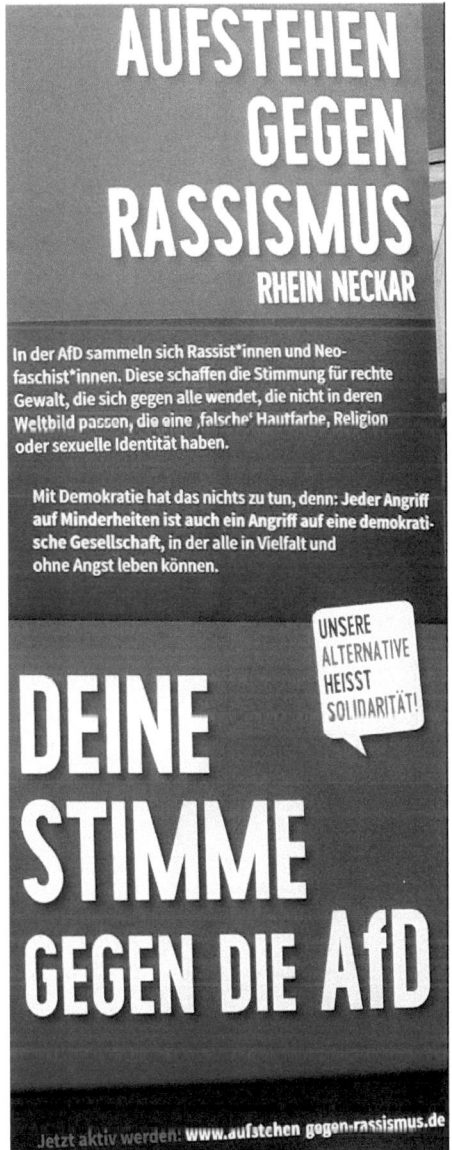

S. 39

Was bringt mich auf die Palme?

- oder -

Kleiner zusammenfassender Service für alle die weder Zeit noch Lust haben, sich über Meinungen und Attitüden des Rechten Gesocks im Detail zu informieren (weitgehend rechtschreibbereinigt)

....

"... Ich, als aufrechter und stolzer Angehöriger unseres Volkes, verantwortungsvoller Impfgegner und Feind von terroristischen Wirtschaftsflüchtlingen und Scheinasylanten, bin es leid, dass andauernd von feigen, vaterlandsverräterischen Pseudopazifisten und Schwulenfreunden die Nazikeule geschwungen wird, nur weil man mal etwas gegen den galoppierenden Genderwahnsinn und die Umvolkung sagt. Diese verlogenen Zigeunerkrüppel und Negerfreunde halten sich für was Besseres, diese Gutmenschen und Antifa-Faschisten, nur weil sie einem sprachlich eine Zensur verpassen und stasi- und gestapomäßig die Meinungsfreiheit verbieten, nicht mal den angeblichen Holocaust darf man mehr anzweifeln! Die sollten lieber mal mal aufwachen und die Wahrheit erkennen, die dummen Schlafschafe, die häßlichen, ökoveganen Schlampen und Systemschergen !!!!
Ansonsten sollte man sowieso kurzen Prozess machen, mit dieser minderwertigen Rasse, hö, hö ... "

....

Berichte aus der (Neo-) Naziwelt

....

Der Fuchs ist schlau und stellt sich dumm, beim Fascho ist das andersrum.

***

Was ist flüssiger als WASSER? Nazis – die sind überflüssig.

***

Ein Mann geht im Park in Dresden spazieren. Plötzlich erblickt er ein Mädchen, das von einem Kampfhund angegriffen wird. Er läuft hin und beginnt einen wilden Kampf mit dem Hund.
Endlich kann er den Hund verjagen, das Mädchen befreien und so ihr Leben retten.
Ein sich gegen Ende nähernder Polizist hat die Situation beobachtet. Er geht zu dem Mann hin, klopft ihm auf die Schultern und sagt: „Sie sind ein Held! Morgen wird in der Zeitung stehen: Mutiger Dresdner rettet Mädchen das Leben!"
Der Mann schüttelt den Kopf und antwortet: „Ich bin kein Dresdner!"
„Oh", erwidert der Polizist "dann steht halt morgen in der Zeitung:
Mutiger Deutscher rettet Mädchen das Leben!"
Wieder schüttelt der Mann den Kopf: „Ich bin kein Deutscher!"
Verblüfft schaut der Polizist den Mann an und fragt: „Was sind Sie dann?!"
„Ich bin Pakistani."
Am nächsten Tag steht folgende Schlagzeile in der Zeitung: „Islamischer Extremist tötet deutschen Hund. Verbindungen zu Terrornetzwerk vermutet."

***

Warum hat ein Nazi 500 Knochen mehr als der normale Mensch?
Weil das Gehirn immer noch mechanisch arbeitet.

***

Wer nichts ist und wer nichts kann, der zündet Flüchtlingsheime an. (*Barbara*)

***

Rechtspopulisten lösen keine Probleme. Sie SIND das Problem. (*Barbara*)

***

Zwei Nazis bauen ein Gartenhaus. Plötzlich wirft einer einen Nagel weg. Fragt der andere: „Warum wirfst Du denn den Nagel weg ?" – „Der hatte den Kopf auf der falschen Seite" – „Du spinnst wohl, das war doch einer von den Nägeln für die Rückseite!"

***

Geht ein Schwarzer am Meer spazieren und isst Schokoküsse. Kommt ein Windstoß, reißt sie ihm aus der Hand und weht sie einem Nazi vor die Füße. Der zertritt sie sofort. Der Farbige beschwert sich: „He, das sind meine!" Brüllt der Nazi: „Ist mir scheißegal, solange ich hier bin, brütest Du hier nicht!"

***

Ein verurteilter Flüchtling ist aus dem Gefängnis ausgebrochen. Zum Glück gibt es Fotos, die den Mann von allen vier Seiten zeigen. Das BKA schickt Kopien davon an alle Polizeidienststellen im ganzen Bundesgebiet. Schon am nächsten Tag kommt ein Telegramm aus Sachsen: „Fotos erhalten. Alle vier bei Fluchtversuchen erschossen!"

***

Kommt ein Nazi ins Musikgeschäft: „Ich will die rote Trompete und das weiße Akkordeon da vorne für unseren Kameradschaftsabend!" Darauf der Verkäufer: „Den Feuerlöscher können Sie meinetwegen mitnehmen, aber der Heizkörper bleibt hier!"

***

Warum haben die Nazis immer eine leere Bierflasche im Kühlschrank? – Für den unwahrscheinlichen Fall, dass doch mal ein Kamerad vorbei kommt, der nichts trinken möchte.

***

Zwei Nazis marschieren auf einer Rassistendemo. Sieht der eine plötzlich einen toten Vogel liegen.
Schreit der eine: "Scheiß Flüchtlinge! Da waren die bestimmt wieder! Siehste den toten Vogel!?"
Reißt der andere den Kopf in den Nacken, guckt in den Himmel und brüllt zurück: "Wo denn?"

***

Der Schäferhund eines Nazis ist krank. Besorgt fragt er einen Kameraden: „Kamerad! Was hast Du denn damals deinem Schäferhund gegeben als der so krank war?" – „Salmiak-Geist." Gesagt, getan. Nach einer Woche besucht der Nazi wieder seinen Kumpan. „Mein Schäferhund ist tot.", sagt er. Darauf dieser: „Meiner damals auch."

***

Wie ist Ebbe und Flut entstanden?   Als sich die ersten Nazis an der Nordsee breit gemacht hatten, flüchtete das Meer entsetzt. Jetzt kommt es alle zwölf Stunden zurück, um zu sehen ob sie immer noch da sind.

***

Intelligenzflüchtlinge

Ihr lieben Leute, laßt Euch sagen,
nur mit Lachen ist`s noch zu ertragen,
was heut` in dieser, unsrer Welt,
von Rechts und ganz rechts jault und bellt:

Der Flüchtling nimmt uns Arbeit weg,
doch wie die Made fett im Speck,
liegt faul er in der Hängematte,
zugleich wie eine fette Ratte!

Frißt die Sozialsysteme auf,
macht mit Blondinen einen drauf.
Auch islamistisch ist er noch,
hält den Koran nur immer hoch!

Die Presse lügt an allen Tagen,
mit Fakten tut man sich nicht plagen!
Die Wissenschaft hat ausgedient,
bei youtube wird nun schön gemimt!

Die deutschen Mädels tatscht er an,
wie`s sonst ein Trump nur richtig kann.
Und aus dem ganzen Ach und Weh,
führt stramm uns nur die "AfD"...!

Doch Lachen wird jetzt nicht mehr reichen,
wir dürfen nicht die Segel streichen!
Wir, wir sind närrisch nur zuweilen,
Den Rechten- tat das Hirn enteilen!

Es entfloh die Menschlichkeit,
ist es schon wieder mal soweit?
Lacht sie aus und jagt sie weg,
denn WIR sind bunt, nicht braun wie Dreck!

        * * *

Entwurf einer kleinen Überarbeitung einiger Artikel des Grundgesetzes (GG) einer DEUTSCHEN Partei, für die Zeit nach der Machterlangung.

"**Grundgesetz (GG) / Verfassung der Nationalen Republik Deutschland (NRD)**

Art 1
(1) Die Würde des Deutschen ist unantastbar. Sie gegen Andere zu verteidigen und zu schützen ist Verpflichtung aller staatlichen Gewalt.
(2) Das Deutsche Volk bekennt sich darum zu grundsätzlich unverletzlichen und unveräußerlichen Rechten für alle Deutsche als Grundlage jeder nationalen Volksgemeinschaft, der Ordnung und der Sauberkeit in der Welt.
(3) Die nachfolgenden Regeln binden Gesetzgebung, vollziehende Gewalt und Rechtsprechung als unmittelbar geltendes Recht.

Art 2
(1) Jeder hat das Recht auf die freie Entfaltung seiner Persönlichkeit, soweit er nicht die Ehre der Deutsche Nation verletzt und nicht gegen die verfassungsmäßige Ordnung oder das Sittengesetz verstößt.
(2) Jeder Deutsche hat grundsätzlich das Recht auf Leben und körperliche Unversehrtheit. Die Freiheit der Person ist nach Möglichkeit zu gewähren. In diese Rechte darf jedoch auf Grund von Gesetzen eingegriffen werden.

Art 3
(1) Alle Deutschen sind vor dem Gesetz gleich.
(2) Männer und Frauen sind grundsätzlich gleichberechtigt. Im Zweifel sind aber naturgegeben die Ansprüche Deutscher Männer ausschlaggebend. Der Staat fördert die Beachtung des Anspruches der Deutschen Frauen, hierdurch nicht übermäßig benachteiligt zu werden.
(3) Niemand sollte nur wegen seines Geschlechtes, seiner Abstammung, seiner Rasse, seiner Sprache, seiner Heimat und Herkunft, seines Glaubens, seiner religiösen oder politischen Anschauungen benachteiligt oder bevorzugt werden, außer es liegen Gründe hierfür vor. Niemand darf wegen seiner Behinderung benachteiligt werden. Eine Erinnerung der Behinderten an Ihre Unansehnlichkeit und / oder mangelnde Leistungsfähigkeit für die Volksgemeinschaft sollte aus Höflichkeit möglichst vermieden werden.

Art 4
(1) Die Freiheit des Glaubens, des Gewissens und die Freiheit des religiösen und weltanschaulichen Bekenntnisses sind unverletzlich, außer sie passen in ihren Erscheinungsformen oder anhand ihrer Inhalte nicht zum nationalen und christlichen Erbe abendländischer Kultur.
(2) Die ungestörte Religionsausübung wird mit den in (1) genannten Auflagen nach Möglichkeit gewährleistet.
(3) Niemand darf gegen sein Gewissen zum Verteidigungsdienst mit der Waffe gezwungen werden. An die Stelle dieses Dienstes am Volke tritt dann jedoch ein Internierungsaufenthalt gleicher Zeitdauer.

Art 5

(1) Jeder Deutsche hat das Recht, seine Meinung in Wort, Schrift und Bild frei zu äußern und zu verbreiten und sich aus allgemein zugänglichen Quellen ungehindert zu unterrichten, außer die entsprechenden Inhalte passen nicht zum nationalen und christlichen Erbe abendländischer Kultur. Die Pressefreiheit und die Freiheit der Berichterstattung durch Rundfunk und Film werden unter gleichen Auflagen soweit sinnvoll gewährleistet. Eine Zensur findet möglichst nicht statt.
(2) Diese Rechte finden ihre Schranken in den Vorschriften der unterschiedlichsten Gesetze, den gesetzlichen Bestimmungen zum Schutze der Deutschen Nation und des Deutschen Volkskörpers.
(3) Kunst und Wissenschaft, Forschung und Lehre sind nach Möglichkeit frei, außer es stehen dem Interessen wichtiger gesellschaftlicher Gruppen entgegen. Die Freiheit der Lehre entbindet nicht von der Treue zur Nation.

Art 6

(1) Deutsche Ehen und Familien stehen unter dem besonderen Schutze der nationalen Regierung, soweit sie der naturgegebenen Ordnung der Dinge entsprechen.
(2) Pflege und Erziehung der Kinder zu Nationalstolz, Treue und Ehre sind das natürliche Recht der Eltern und die zuvörderst ihnen obliegende Pflicht. Über ihre korrekte Betätigung wacht aufmerksam die staatliche Gemeinschaft.
(3) Gegen den Willen der Erziehungsberechtigten dürfen Kinder von der Familie getrennt werden, wenn die Erziehungsberechtigten versagen oder wenn die Kinder aus anderen Gründen zu verwahrlosen und damit später die Volksgemeinschaft zu schädigen drohen.
(4) Jede ordentliche Deutsche Familie hat Anspruch auf den Schutz und die Kontrolle der Gemeinschaft.
(5) Uneheliche Kindern sind unerwünscht und wenn irgend möglich zu vermeiden. Vorhandene Uneheliche unterliegen der besonderen Aufmerksamkeit und Kontrolle des Staates.

Art 7

(1) Das gesamte Schulwesen steht unter der Aufsicht und der stetigen Kontrrolle des Staates.
(2) Die Erziehungsberechtigten haben das Recht, über die Teilnahme des Kindes am Religionsunterricht zu bestimmen. Bei Nichtteilnahme ist aber eine regelmäßige angemessene Strafgebühr zu entrichten.
(3) Der Religionsunterricht ist in den staatlichen Schulen ordentliches Lehrfach. Unbeschadet des staatlichen Aufsichtsrechtes wird der Religionsunterricht in Übereinstimmung mit den Grundsätzen der Religionsgemeinschaften erteilt, es sei denn diese geraten in Widersruch zu den Nationalen Interessen. Kein Lehrer darf gegen seinen Willen verpflichtet werden, Religionsunterricht zu erteilen. Lehnt er dies ab, ist die doppelte Stundenzahl in anderen Fächern zu übernehmen.
(4) Das Recht zur Errichtung von privaten Schulen wird gewährleistet, sofern deren Schwerpunkt auf Erziehung zu Nationalbewußtsein, zu Pflicht, Ehre, Gehorsam, Treue oder zu besonderer Leistungsfähigkeit liegt.
...
...

Art 8

(1) Alle Deutschen haben das Recht, sich mit Voranmeldung und Erlaubnis friedlich und ohne Waffen zu versammeln.

(2) Für Versammlungen unter freiem Himmel wird dieses Recht durch Gesetz oder auf Grund eines Gesetzes beschränkt.

Art 9

(1) Alle Deutschen haben das Recht, Vereine und Gesellschaften zu bilden, sofern diese den Staatszielen nicht kritisch gegenüberstehen.

(2) Vereinigungen, deren Zwecke oder deren Tätigkeit den nationalen Gesetzen zuwiderlaufen oder die sich gegen die Staatsordnung richten, sind verboten und werden unnachgiebig verfolgt.

(3) Das Recht, zur Wahrung und Förderung der Arbeits- und Wirtschaftsbedingungen Vereinigungen zu bilden, ist für jedermann und für alle Berufe gewährleistet, unterliegt allerdings der Kontrolle des Staates. ...

Art 10

(1) Das Briefgeheimnis sowie das Post- und Fernmeldegeheimnis sind nach Möglichkeit unverletzlich, es sei denn es sind in irgendeiner Form nationale Interessen berührt.

(2) Beschränkungen dürfen u.a. auf Grund eines Gesetzes angeordnet werden. ... Das Gesetz kann bestimmen, daß sie dem Betroffenen nicht mitgeteilt werden und daß an die Stelle des Rechtsweges die abschließende Nachprüfung durch von der Volksvertretung bestellte Organe und Hilfsorgane tritt. Ein Widerspruch hiergegen ist nicht zulässig.

Art 11

(1) Alle Deutschen genießen möglichst hohe Freizügigkeit im ganzen Nationalgebiet.

(2) Dieses Recht darf durch Gesetz oder auf Grund eines Gesetzes eingeschränkt werden.

Art 12

(1) Alle Deutschen haben das Recht, Beruf, Arbeitsplatz und Ausbildungsstätte frei zu wählen, es sei denn, es lägen anderweitige Interessen gesellschaftlich wichtiger Gruppen vor, die dem entgegenstehen. Die Berufsausübung kann durch Gesetz oder auf Grund eines Gesetzes eingeschränkt werden.

(2) Niemand sollte zu einer bestimmten Arbeit gezwungen werden, außer dies ist erforderlich.

(3) Zwangsarbeit ist u.a. bei einer gerichtlich angeordneten Freiheitsentziehung zulässig.

* * * * * * *"

NOCH ist das Satire ... (wobei ich mich absolut nicht wundern würde, wenn in den Schubladen einer bestimmten Partei schon sehr ähnliche Entwürfe lägen).

Jobcenter, Hartz IV, ALG II, SGB II …

Sarkasmen und Berichte aus dem Arbeitslosenbereich (jobcenter / Hartz IV)

Arbeitsvermittlung (Radio Eriwan)
Frage an Radio Eriwan: "Können die Arbeitsvermittler allen Menschen Arbeitsplätze vermitteln?"
Antwort: "Im Prinzip ja, aber haben Sie schon mal Zitronenfalter Zitronen falten sehen?"

***

Bienenfleißig
Kommt ein Fallmanager in das Büro seines Kollegen. Dieser ohne aufzusehen: "Guten Tag, setzen Sie sich, wir müssten eine neue Eingliederungsvereinbarung (EGV) unterschreiben, weil die alte abgelaufen ist, die drucke ich Ihnen sofort aus, steht nichts neues oder beunruhigendes drin, wenn Sie gelegentlich einen längeren Gesprächstermin wünschen können Sie mir das aufschreiben, wenn Sie jetzt bitte im Flur warten wollen, ich komme sogleich mit der EGV zu Ihnen, auf Wiedersehen. Nennen Sie mir zuvor aber bitte noch Ihre BG-Nummer."
Meint der andere Fallmanager: "Mensch, Frankie, ich bin`s doch nur, der Jürgen! Du hast es aber wirklich voll gefressen, mit den Minimum 98% aktiver EGV`s bis Quartalsende, die wir unbedingt bringen sollen!"

***

Erfolgreich vermittelt!
Was sagt ein arbeitsloser Chemiker zu einem Chemiker, der nach langen Jahren der Arbeitssuche endlich durch das jobcenter eine Stelle gefunden hat?
"Einmal Pommes mit Mayo, bitte!"

***

Fachpersonal
Projekt-Bewerbungsgespräch im jobcenter:
Personalchef: Warum sollte ich denn Sie als Organisations-Berater anheuern, statt z.b. interne Verbesserungsvorschläge zu sammeln?
Bewerber: Weil ich nicht bei Ihrer Institution angestellt bin. Kein intelligentes Wesen tut sich so was an.
Personalchef: Nun, ICH arbeite hier.
Bewerber: Entschuldigung. Ich versuche, langsamer zu sprechen.

***

Finaler Vermerk
Aus den EDV- Vermerken eines Fallmanagers:
"Der Kunde Hans Sehhoffer ist zum Termin nicht erscheinen, jedoch traf eine formlose Nachricht ein, er sei vor wenigen Tagen verstorben und jetzt an einem besseren Ort. Neutermin mit Rechtsbehelfsbelehrung wurde versandt, Sanktion wegen Nichterscheinens in Aussicht gestellt. Wenn ein wichtiger Grund für das Fernbleiben bestand, muss dies anhand rechtsgültiger (!) Belege nachgewiesen werden. Weiterhin wird anhand der Mitteilung zu prüfen sein, ob unerlaubte Ortsabwesenheit vorliegt. WV."

***

Gehaltsvorstellung

Am Ende des Vorstellungsgesprächs fragt der Verantwortliche den Interessenten: "Und? Was für ein Einstiegsgehalt hatten Sie sich denn so vorgestellt?"

"Nun ja," sagt der angehende Vorabeiter, "für Frau und Kind sollte es halt schon halbwegs reichen ...".

Der Personalmensch der Zeitarbeitsfirma antwortet: "Mmh, klar. Was würden Sie zusätzlich von acht Wochen Urlaub mit Urlaubsgeld, einer betrieblichen Altersversorgung zur Aufstockung der Rente und einem Firmenwagen halten?"

Dem Arbeitswilligen fällt die Kinnlade herunter. "Hä? Das kann ja nicht Ihr Ernst sein. Sie wollen mich wohl veräppeln?"

"Klar", antwortet der Personalleiter, "aber Sie haben ja vorhin damit angefangen!"

***

Internes Belohnungssystem (Radio Eriwan)

"Werden konstruktiv-kritische jobcenter- MitarbeiterInnen belobigt?"

Antwort von Radio Eriwan:

"Im Prinzip ja, zumeist allerdings mit arbeitsrechtlichen Maßnahmen, Abmahnungen und Suspendierungen."

***

Jobcenter-Kurzwitz

Wird ein Arbeitsloser einer sinnvollen Maßnahme zugewiesen

***

Mitarbeiterqualifizierung intern (2005)

Die BA-Zentrale hat seine Spitzenleute auf ein teures Seminar geschickt. Sie sollen lernen, auch in schwierigen Situationen Lösungen zu erarbeiten und rasch und praxisnah zu entscheiden. Am zweiten Tag wird einer Gruppe von Führungskräften die Aufgabe gestellt, die Höhe einer Fahnenstange zu messen. Sie gehen hinaus auf den Rasen, beschaffen sich eine Leiter und ein Bandmaß. Die Leiter ist aber zu kurz. Also holen sie noch einen Tisch, auf den sie die Leiter stellen. Es reicht immer noch nicht. Sie stellen noch einen Stuhl auf den Tisch. Da das alles sehr wackelig ist, fällt der ganze Aufbau immer wieder um. Alle reden gleichzeitig. Jeder hat andere Vorschläge zur Lösung des Problems. Eine Konferenz und Arbeitsgruppen werden vorgeschlagen. Ein Fallmanager der ersten Generation kommt vorbei, sieht sich das Treiben ein paar Minuten lang an. Dann zieht er wortlos die Fahnenstange aus dem Boden, legt sie hin, nimmt das Bandmaß und misst die Stange von einem Ende zum anderen. Er schreibt das Ergebnis auf einen Zettel und drückt ihn zusammen mit dem Bandmaß einem der Führungskräfte in die Hand.

Dann geht er wieder seines Weges.

Kaum ist er um die Ecke, sagt einer der Top-Kräfte: "Das war ja jetzt wieder typisch alte Fallmanager - Generation! Wir müssen die Höhe der Stange wissen und er sagt uns die Länge! Deshalb lassen wir natürlich solche Leute auch nie in den Vorstand aufsteigen und entfernen sie auch nach und nach wieder aus den jobcentern!"

***

Politische Unterstützung

Ein Reporter fragt Angela Merkel: "Frau Bundeskanzlerin, was sagten sie doch neulich in Ihrer großen Rede über die Arbeitslosigkeit in der Bundesrepublik?"

"Ich? Nichts!"
"Natürlich, das ist ja klar, ich wollte nur noch mal wissen, wie sie es formuliert hatten."

***

Prioritäten
Wochenenddienst: der Chef einer Feuerwehrwache kommt - beide Hände tief in den Hosentaschen gesteckt - ganz langsam in den Aufenthaltsraum seiner Männer.
Nachdem er sich gesetzt und genüsslich einen Kaffee getrunken hat, sagt er bedächtig:
"Macht euch mal ganz langsam und sachte fertig, Jungs - das jobcenter brennt ...".

***

Realwirtschaft
Zwei Unternehmer am Panoramafenster mit Blick auf die Fabrik.
1: "Das wäre doch nun absoluter Quatsch, Arbeitslose einzustellen, wenn unsere Leute doch bereit sind, so viele Überstunden für kleines Geld zu machen!"
2: "Hm- und wenn sie sich irgendwann doch weigern?"
1 (grinst): "Die werden sich hüten! Wozu haben wir denn schließlich diese vielen Arbeitslosen, wenn nicht zur Abschreckung?!"

***

Simulanten-Empörung
Der Fallmanager macht eine Mitteilung an den Leistungs-Sachbearbeiter. "Ich wurde informiert, dass der Kunde Herr Altweiß, der Krankheitssimulant, Vorgestern verstorben ist."
Leistungssachbearbeiter: "Was?! -Na. Jetzt übertreibt er aber wirklich!"

***

Sinnvolle Investitionen (Radio Eriwan)
Frage an Radio Eriwan:
"Sind Eingliederungszuschüsse und sonstige Prämien des jobcenters für Unternehmer effektive Instrumente der Arbeitsvermittlung?"
Antwort von Radio Eriwan:
"Im Prinzip ja! Allerdings ... haben Sie schon mal versucht, eine Drehtür zuzuknallen?"

***

Soziale Hängematte (Radio Eriwan)
"Haben Hartz IV EmpfängerInnen und ein Frosch etwas gemeinsam?"
Antwort von Radio Eriwan:
"Im Prinzip ja. Beiden steht das Wasser bis zum Hals - und sie müssen auf die Mücken warten!"

***

Traumjob
Kunde im Büro des Fallmanagers beim jobcenter.
"Hätten Sie denn heute ein passendes Jobangebot für mich?"
Der Fallmanager: "Na klar, auf Mallorca, 20 Stunden die Woche, freier Swimmingpool, drei Riesen, jeden Morgen Sektfrühstück".

Darauf entgegnete der Kunde etwas verwirrt: "Wie jetzt? Woll`n Sie mich vereimern?"
Darauf der Fallmanager: "Schon. Aber hören Sie, Sie haben doch schließlich eben damit angefangen!"

***

Verbesserungen
"Na,", fragt der eine Fallmanager den anderen auf dem Flur, "wie läuft`s denn so, bei Euch in der Abteilung?".
"Tja,", meint der andere. "Falldurchschnitt 385 Fälle, zwei Leute krank, Chef macht Druck wegen der Sanktionsquote und drei Maßnahmen müssen wir befüllen, egal mit wem und wie, bis Ende der Woche ..."
"Oho. Also schon viel besser als vorige Woche, Glückwunsch, da kann man ja echt nicht meckern!"

***

Verhältniszahlen
Wie viele Physiker braucht man um eine Glühbirne einzuschrauben?
Antwort: Einen - aber 400 bewerben sich.

***

Vermittlungsrekord! (Radio Eriwan)
Frage an Radio Eriwan: "Stimmt es, dass das jobcenter Hamburg allen Arbeitssuchenden im Einzugsgebiet eine Arbeitsstelle vermittelt hat?"
Antwort von Radio Eriwan: "Im Prinzip ja, jedoch war es nicht das jobcenter Hamburg, sondern das jobcenter in Berlin. Und es war dort nicht das jobcenter, sondern der Fallmanager Max Kreimeier.
Und er hat nicht allen eine Arbeitsstelle vermittelt, sondern der Kundin Henrike Hölscher.
Und der hat er keine Arbeitsstelle verschafft, sondern sie sanktioniert, weil sie, obwohl Sozialwissenschaftlerin, einen job im Call- Center nicht annehmen wollte."

***

Wahre Märchen
Sitzen der Papst, der Osterhase, Robin (= der Gehilfe von Batman) und ein qualifizierter Fallmanager Ende 2021 um einen Tisch herum.
In der Mitte liegt eine Tafel Schokolade. Wer bekommt sie am Ende?
Der Papst! - Alle anderen gibt es ja gar nicht!

***

Zwingende Voraussetzung
Vorstellungsgespräche zur Einstellung eines jobcenter-Mitarbeiters:
"An welche Position hätten Sie denn gedacht?" "Geschäftsführer!"
"Sind Sie verrückt?" "Nein, ist das Bedingung?"

***

Wir sind des Marcels treuer Haufen

Melodie - Fritz Sotke, 1919

Nach Heinrich von Reder, 1865, "Wir sind des Geyers schwarze Haufen".

1. Wir sind des Marcels treuer Haufen
Hei a ho ho!
Und wollen mit jobcentern raufen,
Hei a ho ho!
Frisch voran,
Drauf und dran,
Solidarisch geht es nun voran!
Frisch voran,
Drauf und dran,
Solidarisch geht es nun voran!

2. Als Adam grub und Eva spann,
Kyrieleis!
Wo war denn da vom Amt der Mann?
Kyrieleis!
Frisch voran,
Drauf und dran,
Solidarisch geht es nun voran!

3. Solidarität die führt uns an,
Heia hoho!
Das BGE, das führn` wir in der Fahn',
Heia hoho!
Frisch voran,
Drauf und dran,
Solidarisch geht es nun voran!

4. Jetzt geht es zum jobcenter hin,
Heia hoho!
das Grundgesetz ham` wir im Sinn!
Heia hoho!
Frisch voran,
Drauf und dran,
Solidarisch geht es nun voran!

5. In Nürnberg gibts` nur Lug und Trug
Heia hoho!
Doch davon ham` wir nun genug!
Heia hoho!
Frisch voran,
Drauf und dran,
Solidarisch geht es nun voran!

6. Wir gehn`noch lange nicht nach Haus,
Heia hoho!
Mit dem Unrecht da - ist es bald aus,
Heia hoho!
Frisch voran,
Drauf und dran,
Solidarisch geht es stets voran!

Nachdichtung:
Burkhard Tomm - Bub, M.A.
Ex - Fallmanager im jobcenter

Disclaimer: "raufen" - versteht sich - selbstverständlich - rein allegorisch! :-)

Melodie:
http://www.youtube.com/watch?v=G9sVcRxopJU

Zur Erläuterung:

Marcel KALLWASS, ein ehemaliger Student der Hochschule der Bundesagentur für Arbeit
(HdBA) und zugleich Kritiker des Hartz IV-Systems, berichtet über seine Erfahrungen in
seiner Studienzeit von 2011 bis 2013. KALLWASS bekommt einen tiefen Einblick in die
Gesetzesregelungen der Sanktionspraktiken und merkt schnell, wie lückenhaft das Hartz
IV System ist. Im Juni 2013 startet er seinen Blog:
kritischerkommilitonehttp://kritischerkommilitone.wordpress.com/about/, in dem er sich
kritisch gegenüber seinem ehemaligen Arbeitgeber äußert - nach Vorbild von Inge
HANNEMANN.
Marcel: "Ich wollte mein Wissen mit der Öffentlichkeit teilen. Ich habe die Geschichte der
ehemaligen Jobcenter-Mitarbeiterin Inge HANNEMANN und die ihres Blog verfolgt, was
mich dazu bewegt hat selbst aktiv zu werden. Ich habe Flugblätter verfasst und am
Campus verteilt, dies führte zu der ersten Abmahnung seitens der Bundesagentur für
Arbeit. Mir wurde Illoyalität gegenüber meinem Arbeitgeber unterstellt. Umso größer wurde
mein Wunsch mehr Aufmerksamkeit auf dieses Thema zu lenken, also startete ich einen
Blog. Ich begann mit regelmäßigen kritischen Beiträgen über die Gesetzgebungen im
Hartz IV-System und den Umgang mit den Betroffenen. Draut reagierte die Agentur für
Arbeit in Ulm mit einer zweiten Abmahnung. Davon ließ ich mich aber nicht aufhalten und
verfasste ein zweites Flugblatt, das ich in einem E-Mail- Verteiler an die Mitarbeiter von
der Agentur für Arbeit und an meine Kommilitonen schickte. Daraufhin kam am 23. Januar
2014 die Kündigung."

Florian Geyer   (Bild:wiki)

ATHEISTEN – WITZE

* * * * * * *

Wie viel Atheistenwitze gibt es? Keine - die sind alle wahr!

* * * * * * *

Während des Terrorregimes der Französischen Revolution, begannen die morgendlichen Exekutionen eines Tages mit drei Männern: Einem Rabbi, einem katholischen Priester und einem atheistischen Skeptiker.
Der Rabbi wurde zuerst auf die Bühne geführt. Dort, im Angesicht der Guillotine, wurde er gefragt, ob er ein paar letzte Worte hätte. Der Rabbi begann zu rufen, "Ich glaube an den einen und einzigen wahren Gott und er soll mich retten!" Der Scharfrichter schob den Rabbi unter das Fallbeil, befestigte den Block über seinem Nacken und zog den Strick, um das Schreckensinstrument in Gang zu setzen. Die scharfe Klinge raste abwärts und zerschnitt zischend die Luft. Doch plötzlich, mit einem lauten Krachen stoppte das Fallbeil, wenige Millimeter über dem Nacken des Opfers.
"Ein Wunder!" schrie die erregte Masse und der Scharfrichter mußte zähneknirschend den Rabbi am Leben lassen.
Der nächste war der katholische Priester. Nach seinen letzten Worten befragt, erklärte er, "Ich glaube an Jesus Christus, den Vater, den Sohn und den heiligen Geist, der mich retten wird in der Stunde der Not!" Der Scharfrichter positionierte auch diesen Mann unter das Fallbeil und zog den Strick. Und wieder raste die Klinge, die Luft zerschneidend herab. Doch dann, ein Krachen, und wieder stoppte das Fallbeil der Guillotine nur wenige Millimeter über dem Nacken des Opfers.
"Noch ein Wunder!" seufzte die enttäuschte Menge. Und der Scharfrichter hatte nun zum zweiten Mal keine Wahl und mußte den Verdammten gehen lassen.
Nun war der Atheist an der Reihe. "Was sind deine letzten Worte?" wurde er gefragt. Doch der Skeptiker schien nicht zu hören. Unverwandt starrte er auf die verhängnisvolle Maschine und schien gänzlich versunken. Und erst als der Scharfrichter ihn in die Seite stieß und er erneut gefragt wurde, antwortete er:
"Ich denke, ich kenne euer Problem"", sagte er und deutete mit dem Finger auf die Stelle, "ihr habt eine Blockade in der Fallvorrichtung, genau da!"

* * * * * * *

Gott ist tot.
(Nietzsche)

Nietzsche ist tot!
(Gott)

* * * * * * *

F: Warum greifen impotente Atheisten nicht zu Viagra?
A: Sie glauben nicht an die Auferstehung des Fleisches.

* * * * * * *

Ein Christ stirbt und kommt in den Himmel. An der Pforte begrüsst ihn Gott und lobt

ihn für sein Leben und nach etwas Smalltalk entlässt er ihn in den Himmel. Er läuft ein wenig herum und kann es kaum glauben wie paradiesisch hier alles ist. Milch und Honig fließt in Bächen. Traumhafte Melodien durchdringen den Raum. Herrliches Wetter. Kurzum das Paradies. Der Christ schlendert etwas herum und findet in einem abgelegenen Teil des Paradieses ein riesiges schwarzes Loch in dem aber auch gar nichts zu erkennen ist. Plötzlich schießt jemand an ihm vorbei, wird vom Loch verschluckt und verschwindet im Nichts. Aufgeregt rennt er zu Gott und fragt ihn: "Oh Gott, ich habe etwas schreckliches gesehen. In deinem Paradies ist ein schwarzes Loch und verschluckt Leute."
Darauf Gott: "Ach das. Das ist mein Nichts. Die Atheisten wollen das halt so ..."

* * * * * * *

In der Sowjetunion (UdSSR): Eine Kolchosbäuerin betet um eine gute Ernte.
Der Leiter weist sie zurecht, dass es doch "Gott sei Dank" gar keinen Gott gebe.
Die Bäuerin: "Und wenn es nun aber, was Gott verhüten möge, doch einen Gott gibt?!"

* * * * * * *

Richard Dawkins wird von einer Kirchengemeinde eingeladen, einen Vortrag über den Atheismus zu halten. Er steht vorne an der Kanzel und hält seine Rede, hinter ihm hängt ein riesiges Kruzifix. Wie es der Zufall will, bricht während Dawkins Vortrag die obere Verankerung des Kruzifixes und dieses reißt ihn mit zu Boden. "Autsch," ruft Dawkins, während der Gekreuzigte auf ihm liegt, "das hat weh getan." Da flüstert Jesus ihm zu: "Mir auch - aber das war es mir wert."

* * * * * * *

S. 56

SOZIALARBEITER - WITZE

((Ich darf das bringen: ich bin selbst Diplom-Sozialarbeiter.))

:-)

Zwei Sozialarbeiter gehen im Park an einem See spazieren. Ein Mann im Wasser schreit verzweifelt um Hilfe. Die Sozialarbeiter schauen unbeeindruckt zu. Der Mann schreit weiter um Hilfe.
Keine Reaktion.
Da ruft der Mann: "Hilfe! Ich ertrinke!"
Meint der eine Sozialarbeiter zufrieden zum anderen: "Na also. Jetzt hat er immerhin schon mal sein Problem viel konkreter erkannt und kann es auch angemessen verbalisieren!"

***

Was sind die wichtigsten Utensilien für einen Sozialarbeiter?
Eine Kerze, ein Räucherstäbchen, eine Kanne Tee und das Diskussionsdeckchen.

***

Kommen zwei Sozialarbeiter nachts aus der Kneipe und sehen jemanden zusammengeschlagen auf der Straße liegen.
Sagt der eine Sozialarbeiter zum anderen :
"Du, derjenigen, der DAS gemacht hat - der hat aber echt ein bearbeitungsbedürftiges Aggressionsproblem!"

***

Warum haben es Sozialarbeits-Studenten heute einfacher als früher?
Früher mußten sie schon um 17:45 Uhr aufstehen, heute kann man noch bis um 20 Uhr abends Bier kaufen.

***

Zwei Sozialarbeits-Studenten wohnen in einem Zimmer.
Wacht der eine auf und fragt: "Wie spät ist es?"
Sagt der andere: "Dienstag."
Sagt der erste: "So genau wollte ich's doch gar nicht wissen : Sommer- oder Wintersemester?"

***

Steigt ein Sozialarbeiter in ein Taxi.
Fragt der Taxifahrer : "Wo möchten Sie denn hin?"
Antwortet der Sozialarbeiter: "Egal - ich werde überall gebraucht."

***

Sieht einer auf dem Weihnachtsmarkt einen Stand mit Wollpullis und Wollsocken.
"Oh, schau mal, ein Sozialarbeiterstand "

***

Treffen sich zwei Sozialarbeiter in der Stadt.
Fragt der eine: "Du, kannst Du mir sagen wo hier der Bahnhof ist?"
"Nein, tut mir leid, weiß ich auch nicht."
"Macht nichts, aber ich fand es toll, daß wir drüber geredet haben."
Am nächsten Tag treffen sie sich wieder.
Fragt der andere: "Na, hast Du denn den Bahnhof gefunden?"
"Nein, das zwar nicht. Aber ich kann jetzt gut damit umgehen!"

***

Sitzen zwei Sozialarbeiter auf einem Ast und sägen auf der dem Baum zugewandten
Seite. Kommt jemand vorbei und meint: "He, ihr fallt doch gleich runter!"
Die beiden lassen sich nicht stören und sägen weiter.
Da kracht's, und beide Sozialarbeiter fallen zu Boden.
Kurz darauf kommt derselbe Mensch wie vorher wieder vorbei.
Sagt der eine Sozialarbeiter zum anderen: "Schau mal, da kommt ja der Hellseher schon
wieder!"

***

GLÜHBIRNE

Wieviele Sozialarbeiter braucht man um eine Glühbirne zu wechseln?
Nur einen, aber die Glühbirne muß auch wirklich wollen.

Wieviele Sozialarbeiter braucht man um eine Glühbirne zu wechseln?
Keinen, dafür ist leider kein Geld in unserem Budget.

Wieviele Sozialarbeiter braucht man um eine Glühbirne zu wechseln?
Es ist nicht die Glühbirne, die den Wechsel benötigt, sondern das System!

Wieviele Sozialarbeiter braucht man um eine Glühbirne zu wechseln?
Nur einen, aber er muß zuvor zur Supervision zu einem Elektriker, um mehr über
theoretische Ansätze der Elektrizität zu lernen.

Wieviele Sozialarbeiter braucht man um eine Glühbirne zu wechseln?
"Wir wechseln keine Glühbirnen. Wir befähigen Sie mit der Situation klarzukommen und
sich selbst zu wechseln."

Wieviele Sozialarbeiter braucht man um eine Glühbirne zu wechseln?
Drei: Einen für die Arbeit, einen um die Erfahrungen zu teilen, und einen zur Supervision
damit die Professionalität der Arbeit gewährleistet ist.

Wieviele Sozialarbeiter braucht man um eine Glühbirne zu wechseln?
Keinen. Für den Klienten muß die ausgebrannte Glühbirne eine besondere Bedeutung
haben, sonst hätte er sie schon längst selbst ausgewechselt.

Wieviele Sozialarbeiter braucht man um eine Glühbirne zu wechseln?
100. Einen um die Birne zu wechseln, und 99 für den Papierkram.

Wieviele Sozialarbeiter braucht man um eine Glühbirne zu wechseln?
Ist eigentlich egal, da die Glühbirne eh` wieder dem Burn-Out-Syndrom zum Opfer fallen
wird.

Wieviele Sozialarbeiter braucht man um eine Glühbirne zu wechseln?
Einen. Ich weiß zwar nicht weshalb, aber die Antwort erscheint mir irgendwie richtig.

Wieviele Sozialarbeiter braucht man um eine Glühbirne zu wechseln?
Keinen. Wir können alle lernen mit der Dunkelheit klarzukommen.

Wieviele Sozialarbeiter braucht man um eine Glühbirne zu wechseln?
Bei professioneller Arbeit werden die Glühbirnen alle 24 Stunden gewechselt - egal ob sie wollen oder nicht.

Wieviele Sozialarbeiter braucht man um eine Glühbirne zu wechseln?
"O.K., ich mach's ja schon, aber vorher habe ich leider noch 172 andere Glühbirnen zu wechseln."

Wieviele Sozialarbeiter braucht man um eine Glühbirne zu wechseln?
"Keinen, bevor ich nicht das Team, den Pschyrembel, den Zimbardo, den ICD-10 und den DSM-IV konsultiert habe."

Wieviele Sozialarbeiter braucht man um eine Glühbirne zu wechseln?
Keine Ahnung. Ich bin erst Student, aber ich werde darüber eine Untersuchung machen und ein Referat von mindestens 15 Seiten schreiben, bei dem ich mindestens 30 Quellen benutzen werde, und dieses Referat nächste Woche Freitag halten.

Wieviele Sozialarbeiter braucht man um eine Glühbirne zu wechseln?
Einer muß reichen. Sozialarbeiter haben nie ausreichend Zeit um gemeinsame Termine zu finden.

* * * * * * *

Klient: "Ich habe das Gefühl, daß keiner was mit mir zu tun haben will."
Sozialarbeiter: "Der Nächste, bitte."
***

Klient: "Ich glaube, ich bin unsichtbar."
Sozialarbeiter: "Was? Ist da jemand? Wer hat das gesagt?"
***

Ein Sozialarbeiter und eine Sozialarbeiterin lernten sich bei einem Wochenendseminar kennen. Zwischen ihnen funkte es, und während des gesamten Wochenendes verbrachten sie ihre Zeit zusammen. Beim Abschied am Sonntag versprachen sie, weiterhin in Kontakt zu bleiben, da beide an entgegengesetzten Enden der Republik wohnten.
Die ersten Wochen schrieben sie sich noch gegenseitig, doch nach einigen Monaten ließen ihre Telefonate und Briefe nach. Er versuchte zwar den Kontakt aufrecht zu erhalten, aber nach einiger Zeit mußte er einsehen, daß ihr Verhältnis vorbei war.
Zwei Jahre später trafen sie sich zufälligerweise wieder. Ihre Leidenschaft flammte wieder voll auf, und nach einiger Zeit fragte er sie, warum sie damals den Kontakt abgebrochen habe. Daraufhin erklärte sie ihm, daß sie von ihm schwanger geworden sei, und daß sie eine gemeinsame Tochter haben. Erschrocken fragte er, warum sie ihm das nicht erzählt habe. Er hätte sie doch so gerne geheiratet.
Daraufhin erzählte sie ihm, daß sie ihn gerne geheiratet hätte, aber nach langen Diskussionen mit ihren Eltern sei entschieden worden, daß es besser sei, einen Bastard zu haben als noch einen Sozialarbeiter.
***

Ein Sozialarbeiter hielt einen Gedächtnistrainingkurs in einem Altersheim.
Der Sozialarbeiter fragte die Teilnehmer: "Wieviel ist 3 mal 3?"
Der erste Rentner antwortete: "58".
Der zweite sagte: "Dienstag."
Der dritte antwortete: "Neun."
Überrascht sagte der Sozialarbeiter: "Richtig! Wie kamen Sie auf die Antwort?"
Der Mann antwortete: "Ganz einfach, ich habe Dienstag durch 58 geteilt."

***

Ein katholischer Priester, ein Rabbi und ein Sozialarbeiter waren mit einem Flugzeug unterwegs. Aufgrund technischer Probleme fielen nach und nach sämtliche Triebwerke aus, und das Flugzeug begann abzustürzen.
Der Priester begann zu beten und an seinem Rosenkranz zu fingern, der Rabbi las in seiner Thora, und der Sozialarbeiter begann eine Selbsthilfegruppe für Opfer von Flugzeugkatastrophen zu organisieren.

***

Zwei in einer psychiatrischen Abteilung arbeitende Sozialarbeiter begegnen sich auf dem Flur. Sagt der eine: "Guten Morgen."
Ein paar Schritte weiter dreht sich der andere um und grübelt: "Was hat er bloß damit gemeint?"

***

Was sagt ein arbeitsloser Sozialarbeiter zu einem arbeitenden Sozialarbeiter?
"Zwei BigMac's und eine Cola, bitte."

***

Drei Mütter unterhalten sich über ihre Söhne.
Sagt die erste ganz stolz: "Mein Sohn ist Pfarrer, den grüßen alle mit Herr Pastor!"
Drauf die zweite: "Das ist doch gar nichts, mein Sohn ist Bischof, den grüßen alle mit Euer Hochwohlgeboren!" Die dritte Mutter etwas zerstreut: "Ich weiß nicht, immer wenn ich erzähle, dass mein Sohn Sozialarbeiter ist, sagen alle, ach Du lieber Gott!"

***

Als Sozialarbeit-Studenten mußten wir bei einem Psychologie-Prof. an einem Test teilnehmen. In einem multiple-choice-Fragebogen bestanden die Antworten aus Begriffen wie nie, selten, gelegentlich, manchmal, oft, üblicherweise und immer. Sie kennen diese Fragebögen. Wir gaben uns viel Mühe und grübelten viel nach, welche Antworten wir jeweils ankreuzen, und korrigierten die Antworten des öfteren.
Unkontrollieres Lachen erschallte nach einiger Zeit im Hörsaal, denn die siebzehnte oder achtzehnte Frage lautete : "Haben Sie Schwierigkeiten Entscheidungen zu treffen?"

***

Bei einer Nachtwanderung hielt sich mein 9-jähriger Sohn ängstlich an meiner Hand fest und erinnerte mich daran, dass in der Gegend bereits Bären gesehen worden seien. Ich fragte ihn, ob er mir zutraue, mit dem Bären fertig zu werden.
Er antwortete: "Oh ja, Du bist ein Sozialarbeiter. Du würdest vermutlich zu dem Bären sagen: 'Setz Dich hin und laß uns mal ein wenig über Dein Problem reden.' "

***

Sozialarbeiter in den Jugendämtern haben jetzt ein paar Verhaltensweisen zusammengetragen, die es ihnen einfacher deutlich machen, wann sie tätig werden müssen:
* Wenn es für einen Sechsjährigen normal ist, auf seine 5-, 4-, 3- und 2-jährigen Geschwister aufzupassen.
* Wenn die Kinder glauben, eine an das Fenster genagelte Decke sei eine Designer-Gardine.
* Wenn die Kinder den Kakerlaken Namen geben und sie "Freund" nennen.
* Wenn der Hund stubenrein ist, die Kinder aber nicht.

***

"Guten Tag, Sie sind mit der psychiatrischen Hotline verbunden.
Wenn Sie zwanghaft neurotisch sind, dann drücken Sie bitte ständig auf die '1'.
Wenn Sie antriebsschwach sind, dann bitten Sie jemanden, die '2' zu drücken.
Wenn Sie eine gespaltene Persönlichkeit haben, drücken Sie bitte die '3', '4', '5' und die '6'.
Wenn Sie unter Verfolgungswahn leiden, dann wissen wir bereits wer Sie sind und was Sie wollen. Bitte bleiben Sie in der Leitung, damit wir Ihren Anruf zurückverfolgen können.
Wenn Sie schizophren sind, dann hören Sie bitte genau zu, und eine kleine Stimme wird Ihnen mitteilen welche Nummer Sie zu drücken haben."

***

Ein Sozialpädagoge auf einer Safari in Afrika wird von mehreren Löwen umstellt. Aus tiefer Angst geht er in sich rein, um eine positive Aura aufzubauen, damit ihn die Löwen nicht fressen. Wie er aus seiner Selbstreflexion aufschaut, sitzen die Löwen im Kreis und halten sich die Hand. Der Sozialpädagoge ist hoch erfreut, dass sein Glaube ans Gute gesiegt hat.
Das sprechen die Löwen im Chor: "Einen guten Appetit zusammen".

***

Die Ungleichbehandlung von Männern und Frauen ist immens. Zwei diplomierte Sozialpädagogen: er bekommt für den gleichen Job viel mehr - dabei fahren sie beide für das gleiche Taxiunternehmen.

***

Ein *Soziologe* trägt Interessierten die verschiedenen Gesellschaftssysteme vor:

Was ist Feudalismus? Keine Kühe im Besitz des Bauern.
Kapitalismus? Der Bauer hat zwei Kühe, aber das Steueramt konfisziert eine und versteigert sie.
Sozialismus? Du hast zwei Kühe und gibst die bessere in die Genossenschaft.
Kommunismus? Du hast zwei Kühe. Der Staat nimmt sie Dir weg und gibt Dir ein wenig von der Milch.
Faschismus? Du hast zwei Kühe, die der Staat beschlagnahmt und du darfst Magermilch kaufen.
Nazismus? Du hast zwei Kühe. Die Regierung nimmt sie und erschießt Dich.
Planwirtschaft? Du hast zwei Kühe, welche die Regierung abführt. Eine wird geschlachtet, für die anderen ernennt sie zwei Beamte, die sie melken sollen, dabei wird die Milch sauer.

***

Wie heisst die schönste Sozialarbeiterin?
Miss Verständnis.

***

"Ich kenne eine Sozialarbeiterin und einen Sozialarbeiter, die sich schon während des Studiums ineinander verliebt haben. Sie besuchten die Vorlesungen und Seminare zusammen, schrieben ihre Diplomarbeit gemeinsam, leisteten zusammen ihr Anerkennungsjahr ab und jetzt arbeiten sie zusammen beim selben Auftraggeber." - "Das ist aber ungewöhnlich ..." - "Wieso? Das Taxiunternehmen brauchte gerade zwei Fahrer ..."

***

Ein Mann kommt zur Gesprächstherapie.
Mann: "Ich fühle mich nicht verstanden."
Sozialarbeiter: "Sie haben das Gefühl, daß andere sich nicht in sie hineinversetzen können."
Mann: "Ich weiß nicht, was ich tun soll!"
Sozialarbeiter: "Sie sind ratlos!"
Mann: "Ich werde meinem Leben ein Ende setzen."
Sozialarbeiter: "Sie denken an Suizid."
Mann steht auf, springt aus dem Fenster des zehnten Stockwerkes.
Sozialarbeiter: "Platsch ..."

***

Geht ein Sozialpädagoge zum Standesamt um sein Kind anzumelden. Fragt der Standesbeamte: "Wie soll Ihr Kind denn heißen?"
Antwortet der Sozialpädagoge: "Ach, lassen Sie das noch offen, das soll es später einmal selbst entscheiden."

***

Telefonseelsorge auf Soz.päd.
Mitschnitt eines Gesprächs zwischen einem verschlafenen Mann und einer Soz.päd. der Telefonseelsorge:
Mann: "Ja, hallo?"
Sozi: "Hallo hier ist die Telefonseelsorge. Ist bei Ihnen alles in Ordnung?"
Mann: "Wie bitte?"
Sozi: "Hier ist die Telefonseelsorge. Wir rufen mal vorsichtshalber rund, ob jemand Selbstmordabsichten hat."
Mann: "Was - um 3 Uhr morgens?"
Sozi: "Ja, das ist genau die richtige Zeit für sowas. Da sind die meisten Leute gefährdet. Sie zum Beispiel! Sie haben doch offensichtlich Schlafstörungen."
Mann: "So ein Quatsch, ich habe keine Schlafstörungen."
Sozi: "Na hören Sie mal, andere Leute schlafen um diese Zeit und hängen nicht am Telefon rum!"
Mann: "Aber Sie haben mich doch angerufen!"
Sozi: "Warum sprechen Sie denn eigentlich so leise? Ich kann Sie kaum verstehen."
Mann: "Es ist wegen meiner Frau. Ich will sie nicht wecken."
Sozi: "Ach, haben Sie Geheimnisse vor Ihrer Frau? Es klappt wohl nicht so recht in Ihrer Ehe, wie?"

Mann: "Blödsinn. Natürlich klappt es."

Sozi: "Aber Sie haben sich nichts mehr zu sagen, oder? Still und stumm liegen Sie neben ihr im Bett. Verstehen Sie das unter "klappen"?"

Mann: "Es ist 3 Uhr morgens!"

Sozi: "Ich weiß. Und während Ihre Frau schläft - notgedrungen -, weil Sie ihr ja nichts zu sagen haben, gehen Sie unruhig auf und ab, weil Ihre Probleme Sie nicht schlafen lassen."

Mann: "S i e lassen mich nicht schlafen!!!"

Sozi: "So, jetzt erregen Sie sich! Ein einfacher Telefonanruf erregt Sie, während Ihre Frau Sie schon seit Wochen kalt lässt. Sie haben offensichtlich einen Haufen Probleme: wirtschaftliche, sexuelle, gesundheitliche...."

Mann: "Ich bin bei bester Gesundheit!"

Sozi: "Mit Schlaflosigkeit und Erregungszuständen? Bleiben Sie ganz ruhig. Sie sind hochgradig selbstmordgefährdet. Merken Sie denn nicht, dass Sie am ganzen Leib zittern?"

Mann: "Ja, weil ich seit 5 Minuten im Pyjama auf dem Flur stehe."

Sozi: "Was suchen Sie denn auf dem Flur, machen Sie nichts Unüberlegtes."

Mann: "Unser Telefon steht nun mal im Flur."

Sozi: "Haben Sie Schlaftabletten im Haus?"

Mann: "Weiß ich nicht. Die verwahrt meine Frau."

Sozi: "Dann wecken Sie Ihre Frau, Menschenskind! Sofort wecken! Sie soll die Schlaftabletten in Sicherheit bringen. Machen Sie doch keine Dummheiten jetzt! Überlegen Sie es sich noch einmal. Das Leben kann so schön sein. Für Sie natürlich nicht, krank wie Sie sind, verzweifelt, depressiv, aber machen Sie sich keine Sorgen, ich rufe Sie später noch mal an. Jetzt muss ich Schluss machen, es ist schon ziemlich spät."

***

Saalwette bei Gottschalk:

"Wetten, dass Sie es nicht schaffen, 10 Sozialpädagogen zu finden, die ein einfaches Problem lösen können ohne einen Stuhlkreis zu bilden ..."

***

Welche Gemeinsamkeit und welchen Unterschied gibt es zwischen einem Soz.päd.-Studenten und einem Maschinenbaustudenten?

Beide sind nach dem Studium arbeitslos, der Unterschied ist, dass der Soz.päd. hinterher weiß, was er mit seiner freien Zeit anfangen soll.

***

Kommt ein Skelett zum Gesprächstermin. Die Sozialarbeiterin bietet ihm eine Tasse Lindenblütentee und einen Wischlappen an.

***

FREI AB 18:

Woran merkst Du, dass Du mit einer Sozialpädagogin geschlafen hast?

Sie macht es nur, wenn sie es auch wirklich will.
Sie liegt selbstverständlich oben, denn sie hat gelernt, sich von Männern nicht unterdrücken zu lassen.
Sie hat da 'was über 'ne neue Atemtechnik gelesen, die sie mit Dir erproben möchte.
Sie weiß eigentlich, was sie will, kann es aber nicht so klar 'rüberbringen.
Sie fragt Dich ständig, wie Du Dich dabei fühlst.
Sie fragt Dich, wie sie Deine Äußerungen interpretieren soll.
Im entscheidenden Moment sagt sie: "Du, lass es voll zu, dass es Dir kommt."
Zwei Soz.päd.s. sitzen daneben und diskutieren, welche Methoden sie angewendet hätten.
Und wenn's nichts war, wie gut, dass man wenigstens darüber reden konnte!

**

Zwei Menschen in einem Arbeitslosenzentrum. Der eine: "Guten Tag, ich bin der Sozialarbeiter für die Arbeitslosen." Der andere: "Und ich bin arbeitsloser Sozialarbeiter".

**

Wieviele Witze gibt es über Sozialpädagogen/Sozialarbeiter?
Gar keine. Ist alles wahr.

* * * * * * *

BÖÖÖÖSE SPRÜCHE ÜBER MÄNNER!

+ Die Männer schauen den Frauen auf den Hintern und denken:
Boah, was für ein Riesenarsch!
Das tun Frauen auch- nur dass wir dabei die Männern insgesamt betrachten.

+ Was haben der Buchstabe Q und Männer gemeinsam?
Beides sind Nullen mit einem Schwänzchen dran.

+ Männer mit Bierbauch haben oft einen "Schneewittchenkomplex".
Sie liegen auf dem Rücken und sagen: "Dort hinter dem Berg, da wohnt ein Zwerg."

+ Schon gewusst?
Es würden viel mehr Männer von zu Hause abhauen,
wenn sie nur wüssten wie man Koffer packt.

+ Alle Frauen, die sich beschweren, dass sie keinen Mann finden, hatten offensichtlich
noch nie einen!

Fragen:

Was versteht ein Mann unter Vorspiel?
Eine halbe Stunde betteln.

Was haben Männer und Bierflaschen gemeinsam?
Beide sind vom Hals an aufwärts leer.

Was ist der Unterschied zwischen einem Mann
und E.T.? E.T. hat zu Hause angerufen.

Weißt du, warum Männer Löcher am Ende ihres Penis haben?
Damit ihr Gehirn mit Sauerstoff versorgt werden kann.

Wie bringst du einen Mann dazu, Sit-ups zu machen?
Steck die Fernbedienung zwischen seine Zehen.

Wie trainieren Männer am Strand?
In dem sie jedesmal den Bauch einziehen, wenn sie einen Bikini sehen.

Worin unterscheidet sich ein Mann von einem PC?
Dem PC musst du alles nur einmal sagen.

Wie nennt man einen gefesselten Mann?
Vertrauenswürdig.

Warum sind Männer wie Werbespots?
Man kann nicht ein Wort von dem was sie sagen glauben.

Warum sind Männer wie Mixer?
Irgendwie brauchst Du einen, bist dir aber keineswegs sicher, warum.

Was ist die männliche Definition eines romantischen Abends?
Sex.

Wann ist die einzige Zeit, in der ein Mann an ein Abendessen bei Kerzenschein denkt?
Wenn der Strom ausgefallen ist.

Was haben Männer und Frauen gemeinsam?
Beide misstrauen Männern.

Woran erkennt man den Unterschied zwischen Geschenken eines Mannes die ehrlich gemeint sind und solchen, die aus einem schlechten Gewissen heraus gemacht werden?
Die Geschenke aus schlechtem Gewissen sind teurer.

Was haben Männer und das Wetter gemeinsam?
Es ist nicht möglich sie zu ändern, man muß sie einfach ertragen.

Was ist der Unterschied zwischen einem Mann und einer Geburt?
Das eine kann extrem schmerzhaft und manchmal fast unerträglich sein, während das andere nur der Vorgang ist, ein Kind zu bekommen.

Wie nennt man einen Mann, der erwartet, bei der zweiten Verabredung Sex zu haben?
Langsam.

Warum zeigen Männer so selten ihre wahren Gefühle?
Sie haben keine.

Woran erkennt man, ob ein Mann lügt?
Seine Lippen bewegen sich.

Warum kommen nur 10% aller Männer in den Himmel?
Wenn alle reinkommen würden, dann wäre das die Hölle.

Was ist der Unterschied zwischen Männern und Schweinen?
Schweine werden nicht zu Männern, wenn sie betrunken sind.

Was machst du, wenn deine beste Freundin mit deinem Mann durchbrennt?
Deine Freundin vermissen.

Was ist der Unterschied zwischen einem Mann und einem Papagei?
Dem Papagei kann man beibringen, nette Sachen zu sagen.

Warum wiegen verheiratete Frauen mehr als allein stehende Frauen?
Alleinstehende Frauen kommen nach Hause, sehen nach, was im Kühlschrank ist und gehen ins Bett.
Verheiratete Frauen kommen nach Hause, sehen nach, was im Bett ist und gehen an den Kühlschrank.

Warum kochen Männer nicht?
Es wurde noch kein Steak erfunden, das in den Toaster passt.

Wie kann man am schnellsten 90 (in manchen Fällen sind es auch mehr) Kilo hässliches Fett loswerden?
Scheiden lassen.

Wie müssen Frauen leider eine 50/50 Beziehung definieren ?
Wir kochen / sie essen, wir machen sauber / sie machen Schmutz, wir bügeln / sie verknittern.

Warum machen Männer keine Wäsche?
Weil die Waschmaschine und der Trockner nicht mit der Fernbedienung funktioniert.

Wie nennt man eine Frau, die wie ein Mann arbeitet?
Faules Weib.

Was ist der Unterschied zwischen einem intelligenten Mann und einem UFO?
Keine Ahnung, ich habe beides noch nie gesehen.

Wann öffnet der Mann einer Frau die Autotüre?
A) Wenn er ein neues Auto hat.
B) Wenn er eine neue Frau hat.

Warum sind Lebkuchenmänner die besten Männer?
Sie sind niedlich, sie sind süß, und wenn sie unverschämt werden, kann man ihnen den Kopf abbeißen.

Warum hat ein Junggeselle Probleme seine Schuhe anzuziehen?
Seine Mutter hat ihm gesagt, er soll jeden Tag neue Socken anziehen.

Wie nennt man eine Frau, die weiß, wo sich ihr Ehemann jeden Abend aufhält?
Witwe.

Warum benötigen Männer Zeitlupenwiederholungen beim Fernsehsport?
Weil sie nach 30 Sekunden vergessen haben, was passiert ist.

Warum sind Männer wie Hunde?
A) Beide haben eine unbegründete Angst vor dem Staubsauger.
B) Beide sind übermäßig fasziniert vom Schoß einer Frau.
C) Beide misstrauen dem Briefträger.

Warum hat Gott zuerst den Mann erschaffen?
Er brauchte einen groben Entwurf.

Hast Du von Frauen gehört, die endlich herausgefunden hat, was es mit den Männern auf sich hat?
Nein, sie sind alle vor Lachen gestorben, bevor sie es jemandem erzählen konnten.

Warum mögen Männer BMW`s?
Weil sie es buchstabieren können.

Warum würde es Frauen besser gehen, wenn Männer sie wie Autos behandeln würden?
Dann würden sie wenigstens alle 3 Monate oder alle 3000 km ein wenig Aufmerksamkeit erhalten, je nachdem, was zuerst kommt.

Wie hält man einen Mann davon ab, Sex zu wollen?
Man heiratet ihn.

Der Mann sprach zu Gott: "Gott, warum hast du die Frau so schön gemacht?
Gott sprach: "Damit du sie liebst."
"Aber Gott", sprach der Mann, "warum hast du sie so dumm gemacht?"
Gott sprach: "Damit sie dich liebt."

Welche drei kleine Worte kommen einem Mann in den Sinn, wenn eine Frau von einem romantischen Film gerührt ist?
"Gib mir Popcorn."

Warum sind feste Freunde wie Kakerlaken?
Sie hängen in der Küche rum und man wird sie nur schwer wieder los.

Wenn ein Mann einen Stapel Teller in einer Stunde abwaschen kann, wie viele Stapel Teller können 4 Männer in 2 Stunden abwaschen?
Keinen, sie setzen sich zusammen und schauen sich im Fernsehen Fußball an.

****

GUTE GRÜNDE EINE FRAU ZU SEIN!

1. Wir durften die Titanic als erstes verlassen.

2. Wir können unseren Chef mit mysteriösen gynäkologischen Entschuldigungen in Angst versetzen.

3. Taxis halten für uns an.

4. Wir sehen nicht aus wie ein Frosch im Mixer, wenn wir tanzen.

5. Wir brauchen keinen Alkohol, um Spaß zu haben.

6. Es fällt niemandem auf, falls wir vergessen, uns zu rasieren.

7. Wir können unseren Kameraden / Freunden gratulieren, ohne ihnen an den Hintern zu fassen.

8. Wir brauchen uns nicht ständig in den Schritt zu fassen, um sicher zu sein, dass unsere intimen Körperteile noch da sind.

9. Wir haben die Fähigkeit, uns allein anzukleiden.

10. Wir können mit dem anderen Geschlecht sprechen, ohne uns unser Gegenüber nackt vorstellen zu müssen.

11. Falls wir jemanden heiraten, der 20 Jahre jünger ist als wir, sind wir uns der Tatsache bewusst, dass wir uns wie Idioten benehmen.

12. Wir werden es nie bedauern, uns die Ohren gepierct zu haben.

13. Schokolade kann eine Menge unserer Probleme lösen.

14. Wir können über Männer in deren beisein lästern, da sie uns eh` nie zuhören.

Es ist schön eine Frau zu sein

******

Die Sprache der Männer

Ich hab Hunger. = Ich hab Hunger.

Ich bin müde. = Ich bin müde.

Schönes Kleid. = Geile Titten.

Was ist los? = Ich kann nicht glauben, dass Du so eine Tragödie daraus machst.

Was ist los? = Durch welches undefinierbare, selbsterfundene Trauma schlägst Du Dich gerade durch?

Ja, Dein Haarschnitt gefällt mir. = Vorher fand ich sie besser.

Ja, Dein Haarschnitt gefällt mir wirklich. = So viel Geld und kein bisschen besser!

Gehen wir ins Kino? = Ich möchte Sex mit Dir machen.

Kann ich Dich zum Essen einladen? = Ich möchte Sex mit Dir machen.

Kann ich Dich mal anrufen? = Ich möchte Sex mit Dir machen.

Wollen wir miteinander tanzen? = Ich möchte Sex mit Dir machen.

Du siehst angespannt aus, soll ich Dich massieren? = Ich möchte Dich liebkosen (... und dann Sex mit Dir machen!).

Was ist los mit Dir? = Ich schätze mal, dass es mit dem Sex heute nacht nichts wird.

Ich langweile mich. = Willst Du mit mir schlafen?

Ich liebe Dich. = Lass uns ficken, jetzt!

Ich liebe Dich auch. = Okay, ich habe es gesagt und jetzt können wir miteinander schlafen!

Reden wir. = Ich möchte gut auf Dich wirken, damit Du glaubst, ich wäre eine tiefgründige Person und dann willst Du vielleicht auch mit mir schlafen.

Willst Du mich heiraten? = Ich will, dass es illegal wird, wenn Du mit anderen Männern ins Bett gehst.

* * *

Nun gut- und hier noch die -angebliche- Sprache der Frauen:

Die Sprache der Frauen

Es tut mir leid. = Das wird Dir leid tun!
Wir brauchen ... = Ich will...!
Entscheide Du. = Die richtige Entscheidung müsste offensichtlich sein.
Mach` wie Du willst. = Dafür wirst Du noch zahlen!
Wir müssen reden. = Ich muss mich über was beschweren!
Natürlich, mach` es, wenn Du willst. = Ich möchte nicht, dass Du es machst.
Ich bin nicht sauer. = Natürlich bin ich sauer du Arschloch!
Du bist so männlich. = Du solltest Dich wieder mal rasieren.
Du bist heute wirklich nett zu mir. = Kann es sein, dass Du an Sex denkst?
Mach` das Licht aus. = Ich habe Zellulitis.
Die Küche ist so unpraktisch. = Ich möchte ein neues Haus / eine neue Wohnung.
Ich möchte neue Vorhänge. = -und Teppiche und Möbel und Tapeten und ...
Ich habe ein Geräusch gehört! = Ich habe gemerkt, dass Du eingeschlafen bist!
Liebst Du mich? = Ich möchte Dich nach etwas Teurem fragen.
Wie sehr liebst Du mich? = Ich habe etwas gemacht, was Dir nicht gefallen wird zu hören.
Du musst lernen zu kommunizieren. = Du musst einfach nur meiner Meinung sein.
Nichts, wirklich ... = Es ist nur, dass Du ein riesengroßes Arschloch bist.

* * *

D) ALIEN / SF – Witze

SF-FLACHwitz

Treffen sich Terry Pratchett und Douglas Adams auf der Scheibenwelt.
Terry: "Mensch Douglas! Wie kommst Du denn hierher!?"
Antwortet dieser: "Na, ja. Per Anhalter natürlich ...!"

Verbesserung

Nach dem Ende aller Clown-Kriege und Machterschütterungen plant Meister Yoda
im Ruhestand nun die Gründung einer Sprachschule. Schwerpunkt sollen
Deutschkurse für AfD`ler, PEGIDA - Fans und ähnliche Zielgruppen sein.
Angesprochen darauf, ob das für ihn denn wirkliche die optimale Tätigkeit sei,
erwiderte er: "Wie schlecht meine Kurse sind, egal ist! Eine Verbesserung für diese
Personengruppen mein Unterricht in jedem Falle wird sein!"
Ein wenig Sorgen macht er sich aber, ob die teilnehmenden Kameraden ihn ganz
persönlich respektieren werden.
"Kleine, grüne Männchen sie vielleicht nicht werden wirklich akzeptieren.
Einige Na`vi von Pandora als Hilfslehrer zu engagieren, ich daher erwäge.", so
Yoda.

Schuldenfalle

E.T. muß leider in der intergalaktischen Schuldenberatungsstelle Rat suchen.
Der Ferengi fragt ihn: "Ja, sagen Sie, wie konnte es denn überhaupt soweit
kommen? Sie sind ja nun doch eine bekannte und kluge Entität!"
E.T. antwortet verlegen: "Nun ja. Also angefangen hat es seinerzeit mit einer
wirklich astronomisch hohen Telefonrechnung ..."

Sinnlose Frechheiten

Welcher aufgebrachte Satz im Streit mit einem Vulkanier erscheint nicht nur
einigermaßen sinnlos?
"Jetzt spitz mal die Ohren, Bürschchen!"

Geschäftsideen für Ferengi

+ Brennholzverleih
+ Verkauf von Holzeisenbahnen (kein Spielzeug)
+ Publikation und Verkauf des Werkes
"Grundlagen der Dichtkunst für DUMMIES"
(Ausgabe für Vogonen, Asgothen und Frau Paula Nancy Millstone Jennings. Sowie
Herrn Lothar Frohwein.)

* * * * * * *

E) VERSUCH EIN SINNLOSES GEDICHT ZU SCHREIBEN

Des Hauses hätte können werden,
Gedanken aber gestern schwer-
Des Ofens allerletzte Herden,
Am Boden jene starke Wehr!

***

Trotzdem am Werk gefangen ist,
Alle Zeit, zu wagen jene-
nimmermehr der Schrank, ihr wißt,
gegessen hat nun schon Marlene!

***

Sie hören jetzt dies alles,
vergebens war die Nacht-
doch auch im Fall des Falles,
quakt es: "Wachet! Wacht!"

***

Überzeugend mag es sein,
gedacht- das hab ich auch!
Fort ist er, der reine Wein!
Einstmals war das wohl Brauch ...

***

S. 74

F) DATEN / DSGVO

Juncker Jean (D! S! G V O!)

Nach der Melodie von „Dschinghis Khan" zu singen:

https://www.youtube.com/watch?v=pzml3vAlhbE

Eins, elf, eins elf!
Eins, elf, eins elf!
Eins, elf, eins elf!
Eins, elf, eins elf!
Eins, elf, eins elf!
Eins, elf, eins elf!

Sie tippten um die Wette mit den Hackern dann, tausend Mal (Eins, elf, eins)
Und einer ritt voran, dem folgten alle blind, dem Juncker Jean (Eins, elf, eins elf!)

Die Spitzen ihrer Finger durchpeitschten den Datenbestand
Sie trugen Angst und Schrecken in jedes Land
Und weder Hirn noch Logik hielt sie auf
Hu, ha, Jean, Jean, Juncker Jean

He Paragraphenreiter, ho Reiter, he Reiter, immer weiter
Jean, Jean, Juncker Jean
Auf Kollegen
Tippt Kollegen
Schreibt, oh Brüder
Immer wieder

Lasst noch Papier holen, oh ho ho ho
Denn wir sind verlogen, ha ha ha ha
Und der Wähler kriegt uns früh genug
Jean, Jean, Juncker Jean
He Paragraphenreiter, ho Reiter, he Reiter, immer weiter
Jean, Jean, Juncker Jean
Auf Kollegen
Tippt Kollegen
Schreibt, oh Brüder
Immer wieder

Und man hört ihn lachen, oh ho ho ho
Immer lauter lachen, ha ha ha ha

Und er leert das Netz mit seinem Trug

Und jede Info, die ihm nicht gefiel, die nahm er sich. In den PC. (Eins, elf, eins)
Es hieß, die Daten, die er nicht gelöscht, die gab es nicht. Auf der Welt. (Eins, elf, eins)
Er löschte 1000 GB in einer Nacht
Und über seine Feinde hat er nur gelacht
Denn seiner Kraft konnt keiner widerstehen

Jean, Jean, Juncker Jean
He Reiter, ho Reiter, he Reiter, immer weiter

Jean, Jean, Juncker Jean
Auf Kollegen
Tippt Kollegen
Schreibt, oh Brüder
Immer wieder

Lasst noch Papier holen, oh ho ho ho
Denn wir sind verlogen, ha ha ha ha
Und der Wähler kriegt uns früh genug

Jean, Jean, Juncker Jean
He Kollegen, ho Kollegen, tippt Kollegen, so wie immer
Jean, Jean, Juncker Jean
He Kollegen, ho Kollegen, tippt Kollegen, so wie immer
Und man hört ihn lachen, oh ho ho ho
Immer lauter lachen, ha ha ha ha
Und er leert das Netz mit seinem Trug (Eins, elf, eins elf!)

$$* \; * \; * \; * \; * \; * \; *$$

Zur Erläuterung

Uploadfilter gegen alles: Unter Kommissionspräsident Jean-Claude Juncker ... war Europas Digitalpolitik ein Wechselbad der Gefühle, sagen selbst gemäßigte Kommentator*innen.

Die Datenschutz-Grundverordnung (DSGVO; französisch Règlement général sur la protection des données RGPD, englisch General Data Protection Regulation GDPR) ist eine Verordnung der Europäischen Union, mit der die Regeln zur Verarbeitung personenbezogener Daten durch die meisten Datenverarbeiter, sowohl private wie öffentliche, EU-weit vereinheitlicht werden.
Auch nach Verabschiedung der Datenschutz-Grundverordnung wird grundlegende Kritik, insbesondere von Seiten der Rechtswissenschaft geübt:
So bezeichnete der Leiter des Instituts für Informations-, Telekommunikations- und Medienrecht an der Universität Münster, Thomas Hoeren, die Datenschutz-Grundverordnung als „eines der schlechtesten Gesetze des 21. Jahrhunderts".
Der Leiter des Fachgebiets Öffentliches Recht mit Schwerpunkt Recht der Technik der Universität Kassel, Alexander Roßnagel, meinte, die Datenschutz-Grundverordnung ignoriere „alle modernen Herausforderungen für den Datenschutz wie Soziale Netzwerke, Big Data (Datenflut und deren Beherrschung), Suchmaschinen, Cloud Computing, Ubiquitous computing (Durchdringung des Alltags und von Dingen durch Computer) und andere Technikanwendungen".

* * *

JA, DIE DATEN SIND FREI

Ja, die Daten sind frei, wer darf sie zensieren,
sie fließen vorbei, wie nächtliche Schatten.
Kein Mensch darf sie filtern, auf Vorrat nicht speichern
Es bleibet dabei: Ja, die Daten sind frei!

Ich schreib` was ich will und was mich beglücket,
doch alles in der Still' -auch wenn sich`s nicht schicket.
Mein Tippen, mein Mailen- kann niemand verwehren.
Es bleibet dabei: Ja, die Daten sind frei!

Ich lieb` den Kaffee, den Chatt auch vor Allem,
das tut mir allein am besten gefallen.
Ich bin nicht alleine, beim Kaffee oder Weine
die Welt ist dabei: ja die Daten sind frei!

Und speichert man sie in finsteren Erkern,
das alles, das sind vergebliche Werke.
Denn viele Hacker zerreißen die Schranken
und firewalls entzwei -ja, die Daten sind frei!

Drum will ich auf immer -der Zensur entsagen
und will mich auch nimmer mit spybots mehr plagen.
Man kann mit viel Hertzen stets lachen und scherzen,
und wissen dabei: ja die Daten sind frei!

(Nachdichtung: BukTom Bloch)

(Nach: „Die Gedanken sind frei", Volkslied um 1780)

G) Sherlock Homes / Professor Moriarty

"Ich werde das Herz aus Ihnen herausbrennen!", sagte Professor Moriarty.
"Okay", erwiderte Sherlock Holmes.
Dann gingen beide nach Hause.
Aus: *Sherlock Holmes - Überarbeitete Fassung für Sokratiker.*

.

"Ich werde das Herz aus Ihnen herausbrennen!", sagte Professor Moriarty.
"Wie gut, dass ich klug genug war, die Polizei anzurufen, bevor ich mich mit einem kriminellen Meistergenie an einem einsamen Ort treffe", erwiderte Sherlock Holmes.
"Oh, verdammt. Daran habe ich nicht gedacht!"
Aus: *Sherlock Holmes - Überarbeitete Fassung für Menschen mit Mindestmaß an logischem Urteilsvermögen.*

.

"Ich werde das Herz aus Ihnen herausbrennen!", sagte Professor Moriarty.
Sherlock Holmes lachte und sprach: "Zum Glück bin ich keine Taube, sonst wären wir jetzt beide verschwunden!"
Aus: *Sherlock Holmes - Überarbeitete Fassung für Zen-Buddhisten.*

.

"Ich werde das Herz aus Ihnen herausbrennen!", sagte Professor Moriarty.
"Ouh-huhuhu! Ou-huhu-Hou!", sang Sherlock Holmes.
Von allen Seiten strömten bunt gekleidete Männer und Frauen herbei und begannen zu tanzen. "? Burn the heart out of me! ?"
Aus: *Sherlock Holmes - Überarbeitete Fassung für Bollywood-Produktionen.*

.

"Ich werde das Herz aus Ihnen herausbrennen!", sagte Professor Moriarty.
"Ich finde es sehr gut, dass wir so offen über unsere Differenzen sprechen können", erwiderte Sherlock Holmes. "Wie fühlst du dich gerade? Und was müsste passieren, damit sich das ändert? Du darfst gern ehrlich sein."
Aus: *Sherlock Holmes - Überarbeitete Fassung für Sozialpädagogen.*

.

(Nach Deniz Y. Dix.)

...

"Ich werde das Herz aus Ihnen herausbrennen!", sagte Professor Moriarty.
"Und Sie sind sicher," Sherlock Holmes fixierte Moriarty scharf "dass das Risiko dieser Handlungsweise Ihnen auch wirklich einen entsprechenden Mehrwert garantiert?"
Aus: *Sherlock Holmes - Überarbeitete Fassung für Ökonomen.*

"Ich werde das Herz aus Ihnen herausbrennen!", sagte Professor Moriarty.
"Hm," sinnierte Sherlock Holmes nachdenklich "wer mag wohl IHR Herz in Ihrer Kindheit derart verletzt haben, dass Sie selbst jetzt Jahrzehnte später, noch solch` ausschweifende Gewaltphantasien hegen?"
Aus: *Sherlock Holmes - Überarbeitete Fassung für Psychoanalytiker.*

H) Die Schallplatte (Hymne)

Oh` Du mein Schall, oh` schöne Platte,
Du bist so alt und doch so neu,
man packte Dich in des Vergessens Watte,
doch viele, viele blieben trotzdem treu!

Du bist so schwarz, Du bist so rund,
bist eckig nicht und auch nicht weiß,
so höret nun aus meinem Mund
wie ich noch weiterhin Dich preis!

So tief ist in Dich eingegraben,
gar manches schöne Lied,
man wollte Dich schon fast einsargen -
stehst nicht mehr vorn im Glied.

mp3, CD und Co.
Die sind nun angesagt -
doch MUSIK ist das A & O
mal fromm und mal gewagt.

Ob Freud` ob Leid, ob Überschwang
Du spielst uns schöne Lieder,
hältst Lust und Laune so in Gang,
immer wieder - wieder - wieder, wieder.

Und hakts auch mal, egal was soll`s,
da bist Du menschlich - allzumal
sei da ruhig mal - ein wenig stolz
denn nur Maschinen - kennen keine Qual!

So wünsch ich Dir noch lange Jahre,
des um Dich selber drehens,
Du bist schon eine heiße Ware,
an Orten des Geschehens.

Spielt man Dich ab, was hört man dann?
Da gibt`s nun mancherlei.
Der eine Redner macht tamm-tamm,
Der and`re ist ein weiches Ei.

Denn nicht nur Sound erklingt von Dir,
auch Reden tut man schwingen,
doch dazu sage ich jetzt und hier:
die tun oft gar nix bringen!

S. 80

Da spielt man lieber frisbee dann
mit solchem hohlen Schall
und ich denke dann und wann -
das ist doch viel zu oft der Fall!

Drum Schwestern, Brüder, allesamt,
so laßt uns lieber singen!
So schön wie ihr zusammenkamt,
die Platten tun`s doch bringen!

* * *

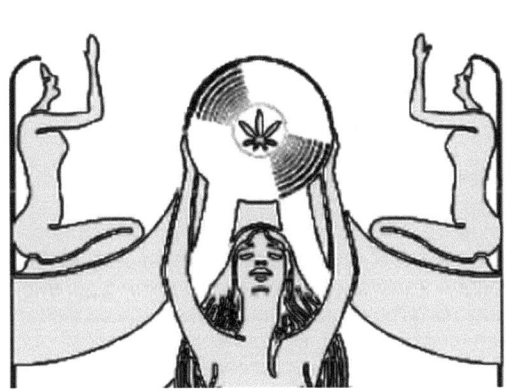

I) ÜBER DEN AUTOR

Burkhard Tomm-Bub, M. A. (geb. 1957 in Recklinghausen, NRW) ist Staatlich anerkannter Erzieher, Diplom-Sozialarbeiter (FH) und Magister Artium der Erziehungswissenschaft (Nebenfächer: Psychologie und Soziologie).

Mehrfachabhängig, lebt aber nun seit Jahrzehnten zufrieden abstinent / clean in der Pfalz.

Berufliche Erfahrungen:
Offene Kinder- und Jugendarbeit, Sozialfachkraft im Sozialamt und mehrere Jahre als Fallmanager in einem Jobcenter, dann "z.b.V." in einer Betreuungsbehörde. Nunmehr vorerst "freigestellt"...
Ehrenamtlich in der Suchtkrankenhilfe und Flüchtlingshilfe tätig.

Er veröffentlicht nur gelegentlich, aber seit etlichen Jahren, z.B. Glossen, Satiren, (SF-) Storys, Lyrik (u.a. im Heyne - Verlag) und zu Sachthemen (Suchtbereich, Hartz IV).

Interessen:
Tomm-Bub ist engagierter Aktivist gegen Hartz IV und als solcher auch "kostenlos buchbar". :-)
Ebenso ist er lebenslänglicher (Pudding-) Vegetarier und ernsthafter Pazifist.
Die Sprache, social media, die VR (Virtual Reality) und hier insbesondere die unkommerzielle Verbreitung von Literatur und die Förderung gemeinnütziger Aktionen in Second Life (Avatarname: BukTom Bloch) zählen weiterhin zu seinen Anliegen.
Er sieht sich als Genderwahnsinnigen und Gutmenschen und ist stolz darauf.
Bisweilen bezeichnet er sich aber auch als "schwierigen und sturen alten Mann, mit viel zu vielen Meinungen, der zum Lachen gern in den Keller geht".
Politisch gehört er keiner Sekte, Kirche noch Partei an, ist aber eindeutig links zu verorten. Auch Umwelt- und Klimaschutz liegen ihm am Herzen. Weltanschaulich steht er dem Pantheismus / Panentheismus sehr nahe.
Was er nicht mag: die AfD, Neonazis, Neoliberale, Querfrontler, fanatische Atheisten, aggressive Karnivoren und ähnliche Gesell*innen.

Beziehungsstatus: kompliziert.

S. 82

Eigenwerbung (Bücher)

23 Elemente

Verständliche Lyrik komplett im QR-Code

Burkhard Tomm-Bub

Verlag: Books on Demand
Erscheinungsdatum: 21.06.2019

3,99 € Buch
inkl. MwSt. / portofrei
sofort verfügbar

0,99 € E-Book
inkl. MwSt.
sofort lieferbar als
Download

Vong die Niceigkeit der Sprache her !

- 1mal so gesehen -

Burkhard Tomm-Bub

Verlag: Books on Demand
Erscheinungsdatum: 19.06.2019

3,99 € Buch
inkl. MwSt. / portofrei
sofort verfügbar

0,99 € E-Book
inkl. MwSt.
sofort lieferbar als
Download

Alles ...

SF Fantasy Cybertales Cyberspace SL Glossen Lyrik Krimi(...)

Burkhard Tomm-Bub

Verlag: Books on Demand
Erscheinungsdatum: 06.06.2019

9,99 € Buch
inkl. MwSt. / portofrei
sofort verfügbar

2,99 € E-Book
inkl. MwSt.
sofort lieferbar als
Download

Ich kenne diesen Schmerz ...

Verständliche Prosagedichte

Burkhard Tomm-Bub

Verlag: Books on Demand
Erscheinungsdatum: 29.05.2019

3,49 € Buch
inkl. MwSt. / portofrei
sofort verfügbar

0,99 € E-Book
inkl. MwSt.
sofort lieferbar als
Download

Geringe Mitnahme-Effekte!

Ein fiktiver jobcenter-Krimi vom EX-Fallmanager

Burkhard Tomm-Bub

Verlag: Books on Demand
Erscheinungsdatum: 27.05.2019

3,99 € Buch
inkl. MwSt. / portofrei
sofort verfügbar

0,99 € E-Book
inkl. MwSt.
sofort lieferbar als
Download

Eigenwerbung (Bücher)

Pan(en)theistischer Notizblog
NUR ICH NUR DU
- Pantheismus / Panentheismus -

Burkhard Tomm-Bub

Verlag: Books on Demand
Erscheinungsdatum: 10.05.2019

3,99 € Buch
inkl. MwSt. / portofrei
sofort verfügbar

0,99 € E-Book
inkl. MwSt.
sofort lieferbar als
Download

D_ebakel B_odenlos
Zügige Satiren - bahnhafte Erlebnisse

Burkhard Tomm-Bub

Verlag: Books on Demand
Erscheinungsdatum: 08.05.2019

4,99 € Buch
inkl. MwSt. / portofrei
sofort verfügbar

2,49 € E-Book
inkl. MwSt.
sofort lieferbar als
Download

Cyberspace VR virtual reality
Der Comic

Burkhard Tomm-Bub

Verlag: Books on Demand
Erscheinungsdatum: 15.04.2019

22,99 € Buch
inkl. MwSt. / portofrei
sofort verfügbar

HANDBUCH WIDERSTAND gegen
HARTZ IV
Rat vom EX-Fallmanager

Burkhard Tomm-Bub

Verlag: Books on Demand
Erscheinungsdatum: 04.01.2019

5,49 € Buch
inkl. MwSt. / portofrei
sofort verfügbar

2,99 € E-Book
inkl. MwSt.
sofort lieferbar als
Download

Hartz IV - die ethische
Katastrophe - Fakten vom E(...)
-Blogberichte gegen das Unrecht-

Burkhard Tomm-Bub

Verlag: Books on Demand
Erscheinungsdatum: 10.12.2018

8,99 € Buch
inkl. MwSt. / portofrei
sofort verfügbar

WAYNE
interessiert`s!

IMPRESSUM

Autor des Buches ist

Burkhard Tomm-Bub, M.A.
67063 Ludwigshafen
Jakob-Binder-Strasse 22
Mail: ogma1@t-online.de

Herstellung und Verlag:
BoD – Books on Demand,
Nordersted

FREIRAUM!